非洲记忆

The Memory Of Africa

沈菁◎著

浙江工商大學出版社
ZHEJIANG GONGSHANG UNIVERSITY PRESS

人生中的任何一段经历都是你宝贵的一笔财富，这些财富会使你受益匪浅。

很多的人生赢家其实并不是多么的思维敏捷，聪慧过人，上知天文，下知地理。他们非常普通，但是他们对自己的人生目标相当清晰也相当执着，有时顽固得可以用傻来形容。而正是这份执着，帮助他们达到了自己人生的巅峰。

无论什么时候都不要放弃自己的梦想。无论你现在从事什么职业、做什么工作，请把你手头的工作认真地完成，并且做到最好。

目录
Contents

初入非洲

The first impression of Africa

乌干达坎帕拉的总统停机坪跑道

我叫沈菁，来自浙江杭州。截至本书完稿，我在国外工作、生活已经有十个年头了。从两手空空，到事业稳定，来之不易。我很感恩那些曾经帮助过我的人，也非常感谢我的家人尤其是我的妻子对我一直以来的支持。写作本书的初衷，是希望与大家分享我在非洲的这一小段人生经历。为各位朋友带来一些国外生活、学习或是旅游时能够用得到的小指南和小经验。更重要的是，我希望把我在非洲的这些经历记录下来，留给我的孩子们，让他们知道爸爸也曾经有过那么一段传奇的经历。

刚刚出国的那会儿，经常有朋友问我同样的几个问题：为什么你会出国？为什么你会选择去非洲？其实我的答案并不像有些人想的那么神秘，听起来甚至会觉得很奇怪并且缺乏考虑。还记得在日本动画片《灌蓝高手》中陵南的教练田冈追问流川枫为什么选择湘北中学而不去他们学校并且加入其篮球校队赢得荣誉。流川枫给出了一个令他无语的理由：因为离家近啊……这个答案直接就让藤冈教练晕厥了。有时候有些决定并不需要什么特别的理由，而我又为什么做了出国的谋生决定呢？又为什么选择了去非洲呢？真实的答案是这样的：出国是因为当时刚刚毕业没有什么工作经验，也没有什么特殊才艺；自己的父母又不是权贵或是有后台、有背景，所以只能靠自己。希望自己能在国外闯出一片天来。

机会就这样来了！大学同学阿亮给我打来电话，问我有没有兴趣去非洲发展。我清楚地记得当时我正坐在一辆回家的28路公交车上。心中反复琢磨，既然有此机会，那好吧，那就去走走看看，就这样我敲定了出国发展的计划。我感谢阿亮给了我这个机会，同时也感谢上天给了我一个实现人生梦想的机会。我阿姨是学校的英语教授，早年间对学习英语情有独钟，也相当努力。在职期间的她经过层层选拔，搭上了公费出国学习的顺风车，前往美国学习过一段时间，而我从小到大一直听着大人口里说走遍美国什么的，也许正是阿姨给我带来的一些影响。这不是单纯地向往美国，也不是崇洋媚外，只是单纯地想出去看看外面的世界到底是怎么样的，外面的月亮又是长什么样的、到底有多圆。选择就在这个时候出现了:目的地——非洲的乌干达,这个国家是在我面前的一个选择,这有可能不是最好的选择(说实话,谁愿意去非洲这样落后的地方呢?!在杭州街头,你随便找个人问他愿不愿意去非洲工作,估计问100个人会有100个人摇头,而且是快要把头摇下来的那种,临走时说不定还要冲你说“你是不是疯了”。但是对于当时那个阶段的我来说,去非洲是最好的选择。

那时的我觉得,人的一生一定有很多机会,有很多选择,但是如果你老是在机遇和选择中徘徊的话,很有可能会因为错过面前的机遇而永远一事无成。如果机会出现了就请把握住,因为你永远不知道亲爱的机遇先生下一次光顾你会是什么时候。

当时去非洲的决定也没有太多的思想包袱,盘算着就当是上山下乡去体验生活(非洲人民的艰苦生活),积累些在国外的工作经验,好为以后回国工作做一个比较不错的履历准备。思想上很轻松,目标也很明确,所以这一整个决定并没有给我带来很大的困扰。小如意算盘打得叮当响的我,一共也就用了10分钟来考虑和决定。但是没想到的是,就是这个简单愉快的决定后来竟然影响了我的整个人生轨迹,我也不承想一个当初出国去非洲打拼的决定竟然帮助我到达了美国,以及更加遥远的南美洲,并在那里安居乐业。同时我也发现其实外国的月亮并没有想象中那么圆。

去乌干达是帮同学阿亮的亲戚打理店面、卖货。阿亮是我的大学同学，建德人，是个爱运动的阳光男孩，小个子，但是十分精神。那时他已经去他大伯在非洲乌干达首都坎帕拉的家具店工作大半年了，当那边有意向找个英语好的年轻人帮忙时，他第一时间打越洋电话告知我，也安排了我与他的老板（他的亲大伯）见面商议出国工作的相关事宜。在出发去非洲之前，我到了丽水和阿亮的大伯见了面，并且简单交流了一下，估计大伯觉得我这个人还可以，所以就和我达成口头协议。随后我就按照他的要求去办理相关的护照和签证手续。因为是外面公司临时缺人，加上我英语还行，所以就成了机遇降临的几个综合条件。没想到我大学学的 ABC 的优势会在国外发挥作用，甚至发光发亮，有个小才艺、小专长其实蛮不错的。

出发的日期很好记，就是 2005 年的大年三十前三天，因为阿亮的大伯、伯母两个人要赶去国外过年，所以过年前我们就必须出发。我的父母送我到了机场，他们那时其实也是被我这个去非洲的决定吓傻了，觉得我胆子也太大了，半天都说不出什么话来。其实他们心里明白，要在这个残酷的社会生存就必须有一技之长，就好像行走江湖就必须有一身好武艺，而这些东西都是要靠修行得来的，他们也希望自己的孩子能够得到真正的锻炼。虽然不舍，但还是咬着牙忍着痛把自己的孩子送出去，交给社会，交给现实。

一个人的阅历要靠自己闯荡才能够得到，那些东西是父母不能给予的。因为父母能给予你的东西，除了爱还是爱，他们没有办法狠下心去让孩子吃苦，同样，他们也的确没有这样的能力把你保护得毫发无伤。放手让孩子去接受世界的洗礼是人生不可避免的一件事情，就算是再心痛、再不甘心也是没有办法的。父母已经尽力了，剩下的路该由孩子自己走了。如果孩子已经成年，放手越早越好。因为年轻的心经得起风浪，受得起挫折，无论是身体上还是心灵上都是强壮的。就好像是一艘扬帆起航的船，管它再大的海浪、轰鸣的闪电还是呼啸的海风，都无法阻挡这艘船前进的脚步，它们最多只能延缓船只前进的速度，因为每一次风浪的折磨都会让这艘小船积累更多的经验。

终于，我和阿亮的大伯、伯母在上海浦东机场见面了，伯母是第一次见，听说是刚刚从乌干达回丽水家里度假，这几天打算几个人一起出发去乌干达过年。一看就知道是个女强人，眼神犀利，一头干练的短发，一袭紫色连衣裙，雍容华贵。我按时到达机场候机室与他们会合，我的父母也前来为我送行，他们在机场和阿亮的大伯、伯母短暂交流了一下。无非就是伯母说："你们放心，你们的孩子在我这里工作我们一定会保证他的安全，非洲也没那么乱"，等等。告别很简短，我和父母说了声再见后便转身进了边检大厅，我知道他们一定会难受与不舍，所以就把离别做得迅速而简单，尽量避免那种离别的忧伤。但是我还是悄悄地回头看了下他们，他们还站在原地，一直目送着我离开。

到了登机时间，我们一行三人上了飞机，这是我第一次坐国际航班。飞机好大啊，那时坐的还是传说中世界排名前三的阿联酋航空公司的飞机，飞机相当高级，也很大，是拥有300个座位的大飞机。空姐在飞机飞行阶段还为乘客们提供早餐、午餐、晚餐，我们就在吃吃睡睡中度过这漫长的十几个小时。中间还在迪拜转了一次飞机。这也是我唯一到过的阿拉伯国家，虽然只是转机，但也算是落到过他们的土地上了吧。在迪拜机场里我见到了很多的穆斯林，看他们的朝拜。后来才知道穆斯林的信仰有多么的虔诚，他们从早上五点起床开始第一次朝拜，一直到晚上七点，一天要拜五次。还有一个月是斋月，斋月也就是有太阳出现的时候他们的嘴巴都是不能进食的，晚上也只是稍微喝一点水。一直要等到开斋这一天他们才会杀牛宰羊大吃大喝，以此来庆祝开斋节。

第二程从迪拜到乌干达的飞机里，除了我们三个中国人之外，其他都是清一色的非洲黑人，我喜欢称呼他们为小黑（完全没有任何歧视黑人的意思，只是认为这样的一种称呼非常亲切）。

机舱里全部都是小黑们，他们身上有很多奇怪的味道，狐臭或者是很浓重的香水味，连我这个患有比较严重的鼻炎的人都能感受到他们身上散发出的那股“神奇”味道。真是一场没有硝烟的味觉核战争啊。快到机场的时候，有个邻座的黑人哥们问我借了一支笔填写入境表格，于是我就借给了他，写完后他很自然流畅地把笔“顺”到了自己的衬衫口袋，那动作如行云流水，流畅自然，我很纳闷这个是什么意思，用完该把笔还给我啊。于是我就问他把笔要回来，而他只是没心没肺地笑笑。其实这个就是传说中的顺手牵羊，在非洲这个地方是很普遍的事情，那时候是我大惊小怪了，初来乍到没见过什么世面。黑人在偷或者说是顺手牵羊这门艺术上确实有得天独厚的非凡“造诣”，后文中我会为大家慢慢介绍。

飞机缓缓下降，我们终于来到了非洲乌干达的恩德培国际机场，即使是来之前已经做好充足的心理准备，但我还是被眼前的景象“吓到了”：乌干达恩德培国际机场破旧的、落后的设施真的是让我开了眼界，原来非洲人民的生活状况真的是不怎么样啊。但是我完全错了，我认为非洲的普通街区水平应该也和这个机场差不多。其实恩德培国际机场作为乌干达的脸面，政府可是大投入修建的。也就是说，这个机场是这个国家在陆地上最好、最高级、最美的建筑。其他无论什么建筑物在它旁边都会黯然失色。

我们一行人拉着行李从国际到达出口出来，接机的人出现了，是个大光头，也是大伯和伯母的丽水老乡。他开来接我们的车很大，是那种 4×4，7 座的，类似军用吉普车的丰田陆地巡洋舰。在中国我都没怎么见过这么大个的吉普车，这是打仗的时候才用得到吧，我心想。我纳闷为什么要用这么大个的越野车呢，原来非洲的公路坑坑洼洼的，基本上没有一条没有坑的路，所以车如果底盘太低，到时候就等着“好看”吧，底盘被刮到的声音会络绎不绝。

大光头带着一个女人，是外国人，金发碧眼的白种人。惊奇的事情真是一个接一个，大光头时不时回头和那个女老外说丽水话。我都听得云里雾里的，但是那个女老外好像很清楚他在说什么(虽然女老外不会说丽水话)，转身给我们几个人拿来了矿泉水。女的原来是乌克兰人，都说乌克兰出美女，你们不要怀疑，这些都是真的。她大概 40 岁的样子，虽然身材已经有点走形，但是气质不错，脸蛋也是很不错的，可以想象她年轻的时候一定是个大美女。光头老板那时候在乌克兰做生意，雇用这个女的当店员，后来日久生情，当他从乌克兰撤走生意时顺便也把她带走了。两个人就一起来了乌干达。

我们坐上了光头老板的大霸王，车启动之后我总觉得怪怪的，但是又不知道是哪里不对，为什么我们都沿着马路的左边行驶，多危险啊，而且不对啊，司机怎么坐在车的右边……哦，原来乌干达曾经是英国殖民地，驾驶方向是靠左行驶的，但是感觉还是不能很好地适应这样的转换，我纳闷：英国人和日本人难道和其他国家的人长得不一样吗？连开车的方向都要这么与众不同。

大越野车一路飞驰前行，乌干达的公路就两条道，一条来一条去，公路两边都是草啊树的，可谓是天然的绿化，再加上一些没有顶棚的砖头房子。没有钱的小黑们就在这些地方占山为王，反正地多的是，自己买些砖头就能在没有人的地方圈地盖房子了。

从机场到市区的公路周边基本上是长满草的荒地。在路上有幸看到了世界第二大淡水湖——维多利亚湖，那个大啊，我还以为是海呢，一望无际，湖畔周边有成片的酒店旅馆，这片区域应该是度假胜地。车一直往前走，慢慢地，道路两旁的房子多起来了。房子有顶了，虽然是简单的铁皮，但也算是有顶棚了。大概是非洲的城乡接合部吧。

天已经慢慢黑下来了，我们就在夜色的陪伴下进入了坎帕拉市区，转了几个弯后我们便到达了大伯、伯母的别墅。别墅很大，500 平方米左右，好多房间，但是只有一层，没有楼梯，整个别墅的设计风格是欧式的。我看不懂它的格局，只是发现有个餐馆开在别墅里面，在餐馆边上有个小家具店，另外还有几个独立的房子和房间，估计是按照欧洲人的主人、管家、仆人分开居住的格局设计的吧。

在前面的大院子里正有三个中国人在乘凉，一个是我的同学阿亮，另外两个是华仔（伯母的远房亲戚）和他的老婆小青（丽水本地人），大伯把我们互相介绍了下后就和华仔交流些什么事情。阿亮则带我去我将要入住的房间，同样也是他住的房间，房间不大，放上两张单人床就没有剩下太多的位置了。我和阿亮稍微聊了下后就准备上床睡觉了，床是几块简陋的木头拼接起来的床架，外加上一块名字叫迈垂斯(Matress)的海绵垫。我花了点时间把我从中国带过来的蚊帐给挂起来，来之前做了很多功课，发现非洲的蚊子是传播疟疾(以前老一辈叫的打板子)的罪魁祸首。如果染上了疟疾不及时治疗，疟原虫进入大脑的话就会有生命危险。在国内时大伯特意提醒我要带上蚊帐。因为只有蚊帐才是把蚊子和我隔离开的最理想设施，其他电蚊香什么的根本没用，非洲的蚊子无论是个头还是数量都是很惊人的，个个身强力壮，有些还携带致命的“化学武器”。在蚊帐保护下的我安然入眠。而在另一头则是那拨被蚊帐隔开的饥渴难耐的蚊子大军。就这样我在挂起的蚊帐里度过了来到乌干达的第一个夜晚。梦中偶尔听见蚊子在蚊帐外嗡嗡作响……

第二天一早我醒来的时候已经是太阳高照了，我穿好衣服洗漱完毕后走出房间，来到了院子里。当兵人(丽水话就是当过兵的人，35岁左右，是餐厅的厨师，也是厨房唯一的中国厨师)过来跟我说：“你起得太晚了，其他人都已经到店里上班了，吃了早饭我带你去店里吧。”他带我去餐厅吃了些东西后我们就出发了，我们坐的是他买菜时用的专车——一辆不知道转了多少手的旧丰田车，国内都没有这个型号的车。绝对的日本原装进口，因为连方向盘都是在车的右边。

我们出发离开了别墅，坎帕拉市区的马路也是只有两道——去和来而已，不过比市区外围的公路更坑洼，周边的树木倒是十分高大，一片绿油油的景色。马路不是平坦的，乌干达是丘陵地带，地形上下起伏很大，坡度很陡，感觉好像是在坐过山车似的，两边房子的品相还算是可以，有好几个宾馆酒店开设在这条路的两边。其中有一个是希尔顿(Hilton)酒店。原来非洲也有希尔顿酒店这样的五星级消费场所！

离开了这段风景比较不错的马路，我们开始向下行驶来到了中区，也就是比较集中的商业区，类似于杭州火车东站小商品市场，那里一直是人们买卖货物流量最大的地方，由于交通方便，几乎所有的批发商都在那里租下一个店面仓库来卖货给城里或者是外地赶过来进货的客人。乌干达坎帕拉的中区也是一样人头攒动，车水马龙，火爆异常。只不过人是黑人，车是旧丰田车，还有人力大板车。马路上有很厚的一层土灰，每次有车经过后就整个飞扬起来，糊人眼睛，钻人鼻子，古时讲的一骑绝尘，大概就是这种情况吧。

车子停在了其中一幢两层楼的商场底下，当兵人示意我自己上去，因为这里的路段不好停车，马路边上的停车位都是满的，所以没办法靠边停车和我一起上去。他说就在二楼顶上，叫我自己走上去。我独自走进商场，其实这个也不算什么商场，顶多只能叫楼房。建造和涂漆都是相当简单粗糙的，一点时尚感都没有。而且非常旧，我都怀疑是不是100年前的殖民地时期英国人帮他们盖的。没有时间想那么多，我继续往里走，两边商店里的黑人看着我，不停地上下打量，大概因为是生面孔，而且我的肤色又那么地与众不同，所以被多看几眼也是很正常的，或许是他们正在奇怪这个黄皮肤的小伙子是新来的吧。

走上楼梯后，我加快脚步往二楼走，结果楼梯直接通到了对面的另外一条大街。我的天，怎么还有这样的事情，有两个一楼的啊，两面的路怎么不是平行的啊……丘陵地带的马路真是太神奇了。我稍稍有一点紧张，不过冷静下来回头看了看，里面还是商场啊，那就还是往里面走进去吧，走过几个店面终于看到了最深处的一间大的店面，里面的几张中国脸是那么亲切，瞬间有种找到了亲爹的感觉。就这样我完成了这第一段单独而又短暂的非洲大冒险，初来乍到就是来锻炼的，但是千万别把自己给弄丢了。

我走进店面，大伯、伯母还有几个中国人都在店里，大伯过来向我一一介绍，华仔和他老婆小青，还有丽芬(当兵人的老婆)。然后让我眼前一亮的是店铺里还有两个黑人员工，年纪大点的黑人员工是穆萨，另外一个叫乌玛鲁。他俩是我接触最早的两个黑人。之后大伯就开始给我介绍店铺里面的基本情况。

店面是以批发男士和女士的内衣裤，还有袜子、手帕等为主。店面很大，连着一个仓库，里面的装修很简单，很多货物都是直接成捆地摊在地上的。介绍完之后，大伯和伯母就先走了，说好好干，晚上回去吃饭。

凡事都要有个适应的过程，虽然已经过了十年了，但直到现在我还是对当时的场景记忆犹新，因为每次经历一个选择和变化之后你都要付出努力。无论是心理上的还是身体上的，去适应这个转折点。就好像把自己的人生当成一场需要克服重重关卡去完成的游戏一样，在你玩这个游戏的时候，每个大的关卡都会出现一个存储点，而那个存储点是你永远不会忘记的。我就一个人傻在那里了，都不知道该干些什么，别的几个中国人都在接待他们的客户(也就是小黑们)。而我则在店铺的角落里发呆，我心想，以后可就要在这个地方好好工作两年的时间(之前和大伯谈好的工作时间，也是口头协议)。黑人员工穆萨主动上来问我叫什么名字，那时的我有一些英语基础，便和他交流起来，在一些简单的闲聊中，时间就这样慢慢地过去了。

午餐时有人送来了几份用快餐盒包装的午饭，中国人一人一份，两个菜一份饭。我没怎么吃，因为没什么胃口，也许是还没有从旅途劳顿中恢复过来。就这样我浑浑噩噩地把这第一天给磨过去了。在非洲乌干达坎帕拉的第一天真的很难熬，但是那些苦尽甘来的故事也是从这一天开始的。

走进乌干达

Uganda, here I come

乌干达首都坎帕拉远景

坎帕拉市区公交车终点站

坎帕拉斯丹比克银行

坎帕拉社会安全大厦

杭州是一个美丽的城市，山好水也好，有美丽的西湖，名扬四海的西湖新旧二十景，到了周末和假期，从全国各地赶来的游客更是络绎不绝;酒店、餐厅、大商场、休闲场所更是应有尽有,城市配套设施也相当完善。许多成功的浙江商人争相来到杭州买房安家也是因为这些优势。既然是这么好的城市,那为什么作为杭州人的我会选择离开杭州,去一个遥远的非洲国家乌干达呢?也许正像钱锺书先生所写的《围城》一样,城里面的人想出去,而城外的人却挤破了头想进来。

每年有那么多的外地人从四面八方赶来杭州,上大学,找工作。其目标明确,就是想在杭州立足、创一番事业,以后给子女一个比较好的成长环境。这座美丽的城市优越的周边配置给了他们一个憧憬,使得外地人想在杭州安居乐业。而我,作为在这个围城里出生和长大的人,看到的却是另一幅景象:一个温室中有一大片被滋养起来的花朵,每天都不用为养料和灌溉的水操心,但是温室里的花朵经不起风浪的摧残,几乎可以说是弱不禁风。因为平时被保护得太好了,被包裹得太严实了,从而使它们失去被大自然风吹日晒洗礼的机会,缺失了成长中的一些必修课。

一个人只有经历过困难,遭遇过挫折,才能从中积累经验和教训,才能真正成长起来。人一辈子都顺风顺水、左右逢源,在我看来并不是一件好事。万一风云突变、一个大浪打过来,便会把你打得手足无措,无法应对,因为你从来没有经历过这种变故与挫折。在国外一直很流行毕业旅行(我说的当然不是花钱跟旅行团的那种三包式的走马观花的旅行），而是几个年轻的大学生带一个背包、一张地图、一点美金现金或信用卡，便出发去一个陌生的国家。他们做这些并不仅仅是为了看风景，而是去做一次和平时完全不同的尝试，锻炼自己在陌生环境中的应变和生存能力，同时也提高自己与人的交际能力，真正地用心去体会沿途的风景和事物。通过这样的旅行感知大自然的美好，了解不同的风土人情。每次旅行都会让你越来越自信，越来越成熟。正如老话说的，“读万卷书，不如行万里路”。在这段令人眼花缭乱的旅途中，你会眼界大开，从而汲取到很多书本上所没有的知识和信息。你所看到的一切会成为你一辈子受用的东西，而那时候的你也许并不知道以往经历的探险给你带来的财富远远超乎你的想象。

我的第一站冒险则是非洲的一个名不见经传的小国家——乌干达。很多人了解这个国家说不定是从 *The Last King of Scotland*（《末代独裁》）这部电影中了解的，阿明作为乌干达总统也是当时我在电视新闻或者是报纸上常常听见和看见的。据描述，他是一个残忍的独裁者，屠杀异己，一纸令下，48 小时之内驱赶了所有当时在乌干达做生意和生活的印度人，没收了所有印度人的财产，支持穆斯林极端组织，收留了劫持法国航空公司飞机的叙利亚恐怖分子，并在他的国家上演了著名的恩德培机场大营救事件。说了这些经典的人物、事件之后，大家应该大概了解这个国家的信息了。

其实万幸的是，后来的乌干达并没有这样的恐怖统治，新总统穆塞维尼上任后召回了所有的印度移民，发展自由贸易，招商引资，国内治安情况还算可以。只是西部连接刚果（金）的区域，还存在一支以科尼为首的叛军组织，在非洲几乎是有枪就有实力。但是这支叛军只是威胁到边境附近的安全，打到首都的几率几乎为零，所以也没有什么可以担心的。要担心的是疾病：疟疾、艾滋病、脑膜炎、流感、埃博拉都是致命的疾病。因为这里地处赤道，四季如春，没有寒冬，所以容易滋生病毒、细菌和蚊虫。而且当地医疗条件很差，医院少，医生技术差，我曾经看到一个黑人小工肚子开刀后的伤口，被缝得歪七扭八的，感觉就是医生为了整你闭着眼睛瞎搞的。我们中国人因为大多数人语言不通，所以基本都去中国人自己开的诊所求医，但是这些诊所里的医生，应该叫郎中吧，根本没有任何医疗上的资质，最接近医师的也就是以前在国内的单位医务室里面当个护士之类的人吧，找这样的人看病，病小没问题，如果是内科方面的大毛病那就不好说了。他们用的药都是从中国发过来的，但是其中有很大一部分都是假药。因为伯母以前得了疟疾的时候去诊所里看病，医生开方子给挂吊针，但是挂了几天都没效果，大家都奇怪到底是怎么回事，后来发现用的药没效果，因为是假药。那个时候疟原虫已经扩散到全身了（如果疟原虫扩散到大脑就基本上没得救了），在这样十万火急的状况之下连夜动身坐飞机回中国，到了国内又立刻前往北京的大医院救治，最后通过全身换血才捡回了一条命。所以伯母后来发达了、家财万贯，也是大难不死换来的。

但是，不是所有人都是这么幸运地能从这个鬼门关里回来的。我在坎帕拉工作的第一年，有个在其他餐馆工作的男孩子，因为感冒发烧没有注意，而他的老板也没有及时发现自己的这个员工有得疟疾的迹象，最后就病死了，死的那年他才23岁。所以我们这些人一直都一谈疟疾就色变。奎宁可以有效地治疗疟疾，那些早前来到非洲淘金的印度人因为缺医少药，也不知道有多少人死于疟疾。一只小小的蚊子咬你一口就能要了你的命，谁会想得到啊？中国有疟疾也是几十年以前的事情，后来全国大规模喷洒DDT，才除去了疟疾的威胁。而我们这些人到了非洲，如果不了解这个疾病的话那就会很危险了。疟疾在非洲的致死率也是很高的，因为小孩出生抵抗力差，被蚊子叮咬后患上疟疾的几率相当的高。再加上其他疾病如艾滋病、埃博拉、脑膜炎、黄热病、流感等，乌干达黑人的平均寿命只有47岁。每年因以上疾病死亡的人口不计其数。而令人“听而生畏”的HIV(即艾滋病)也是非洲人生命的强力杀手，主要通过无保护的性行为传播，以及血液、体液和母婴传播。乌干达可以算得上艾滋病的发源地，据当地统计，感染艾滋病(包括艾滋病病毒携带者)的人口约占总人口的30%。艾滋病病毒本是乌干达和刚果(金)交界的边境丛林中大猩猩身上所携带的一种病毒。病毒在大猩猩体内并不发病,而人类在捕杀和食用大猩猩的过程中会感染上这种病毒,之后病毒就会潜伏在人体内,一旦发病就会产生免疫缺陷综合征。简单地讲,也就是自身的免疫系统被完全破坏,随后面临的便是痛苦的死亡。病毒的潜伏期有长有短,也有可能终身不发病,但是一旦发作离死亡就不远了。而目前为止,世界上还没有一种可以治愈这种疾病的有效方式。

听到这里,我想大家都吓坏了吧。其实在非洲,艾滋病应该还不是最恐怖的疾病,因为患上艾滋病的人还能活多久自己都不知道,也不知道什么时候会死。而同样发源于非洲的埃博拉病毒就明显狠多了,埃博拉病毒是发源于刚果(金)埃博拉河流域的一种病毒,俗称埃博拉出血热,这种病毒的传播速度和强度十分惊人,致死率也是相当高的,大约在70%以上。整个发病时间也很短,一般患者在感染的7到14天内就会因为全身内脏出血而死亡。其病毒通过体液传播,要完全杀死病毒只有焚烧尸体,死者用过的一切衣物用品也要进行销毁,因为那些东西也带有病毒。

在非洲,人死后的一种仪式就是家属会轮流抚摸死者的身体来表示哀悼,在乌干达也一样,虽然这种习俗一般都在首都外的地理位置比较偏僻的地方,如偏远城市的下属乡镇,或者是边境附近的地方,但是这个习俗也导致了埃博拉病毒的瞬间暴发，因为感染埃博拉病毒的病人死后其身体中的埃博拉病毒传播能力是最强的时候，如果家属们一个接一个地抚摸死者，结果那些亲人大概都会相继感染上这个病毒，并且发病而死。

我在乌干达的时候就曾经爆发过两次大范围埃博拉病毒传播事件，每次都是报纸头版头条大幅报道，路上的人们人心惶惶，连上厕所关门都小心翼翼，不敢用手直接接触门把。世界卫生组织也派人过来帮助那些感染的病人，当地政府动用军队隔离病患区域，方圆几里之内的居民全部撤离。可想而知，埃博拉病毒才是病毒中的王者，杀人于无形之中，见血封喉。至于其他那些黄热病、霍乱、脑膜炎、流感什么的我就没怎么见识过，但是不谨慎治疗也是会要命的。

上面写的会不会沉重了些，那我们接下来换个话题，来谈谈乌干达当地的人文、天气与经济吧。

乌干达是位于非洲东部、地跨赤道的内陆国，东邻肯尼亚，南与坦桑尼亚和卢旺达交界，西与刚果（金）接壤，北与南苏丹毗连，总面积24.15万平方千米。

乌干达全国总人口3758万（乌干达统计局2013年数据）。乌干达是一个多部族聚居的国家，境内主要有干达族、尼雅科利族、给格族、桑格族等56个部族。2005年经议会表决，9个新部族得以确认，部族总数达到 65 个。其中干达族为最大部族，人口 553 万，占全国人口的 18%，主要分布在坎帕拉、马萨卡等地区。

乌干达虽位于赤道线上，但由于地势较高，河流纵横，湖泊星罗棋布，因而雨量充沛，植物繁茂，四季如春，曾被喻为“非洲明珠”，年平均气温为 22.3℃。大部分地区年降雨量在 1000 至 1500 毫米之间，3 至 5 月、9 至 11 月为雨季，其余为旱季。

乌干达是联合国公布的世界上最不发达国家之一。经济基础薄弱，结构单一。农业是乌干达吸纳就业人数最多的行业，但生产力落后，需引进先进农业生产技术和设备，以提高产量和生产效率。乌干达政府欲通过社会经济改革，把乌干达从一个低收入的农业国发展为一个中等收入的繁荣国家。在乌干达国民经济中，粮食种植、建筑和批发零售是支柱产业。

乌干达官方语言为英语和斯瓦西里语，通用卢干达语等地方语言。各部族均有自己的语言，但大多数只有发音而无文字。其中，卢干达语是第一个拥有详细文字记载的书写语言，是乌干达中部百姓，包括首都坎帕拉，使用较普遍的一种当地语言。斯瓦西里语在乌干达北部和东北部一些地区使用较普遍。乌干达居民主要信奉天主教（占 45%）、基督教新教（40%）、伊斯兰教（11%），其余信奉东正教和原始拜物教。

乌干达人民普遍热情好客，以拥抱和握手表示欢迎。饮食讲究菜品丰富多彩，注重菜肴味美适口。惯以饭蕉为主食，也乐于品尝面类食品；副食爱吃鱼、牛肉、羊肉、鸡、蛋类等，蔬菜喜欢辣椒、黄瓜、茄子、西红柿、豆类等，调料爱用椰子油、棕榈油、花生酱、辣椒汁、丁香、玉果、咖喱等。中餐喜爱中国的粤菜、京菜、川菜。

中乌自1962年10月18日建交以来，双边关系发展顺利。自1962年至今，中国援助乌干达建设的成套项目主要有奇奔巴农场、多禾农场、坎帕拉制冰厂、沼气池、食品陶瓷研究中心、国家体育场、渔场码头、外交部办公楼等。中国在乌干达工程承包和劳务合作始于1987年，主要领域为房屋和路桥建设。2012年两国贸易额达5.38亿美元，同比增长34.7%；其中中方出口4.95亿美元，进口0.43亿美元。中国对乌干达出口的主要商品有机电产品、服装鞋类等，从乌干达进口的商品主要为皮革、芝麻、咖啡、棉花等。

两国签有文化合作协定。2005年4月，两国签署《关于中国公民自费旅游实施方案的谅解备忘录》。截至2011年底，中国共向乌干达提供525个政府奖学金名额。2012年全年乌干达在华留学生总数为636名。在“中非高校20＋20”合作计划下，湘潭大学与乌干达干达麦克雷雷大学结成合作伙伴。1983年至今，中国已向乌干达派出15批医疗队共147人，2012年在乌干达医疗队员8人。

语言是钥匙

Language is the key

黑人小工乌玛鲁(左)和穆萨(右)

在乌干达工作要努力，生活也是同样。通过在店面里与黑人客人、小工之间的交流，我的英语水平日渐提升，与客人之间的交流慢慢地变得轻松，在卖货与算账方面的能力也日渐提高。

值得一提的是，在这段时间我还养成了看英文报纸的习惯。起因是黑人年长的小工穆萨有看报纸的习惯，由于坎帕拉的报纸相当贵，换算成人民币是四元一份(当时中国的报纸还只是五毛)，这个价格的报纸对于我这个中国人来说都有那么一点点贵。所以一般他都是租的，因为卖报纸的人报纸如果卖不完可以退回给报社。这样做，是为了方便那些买不起报纸的同胞，同时也是为了自己能够多赚一点钱，报纸租赁这项业务应运而生，但是租赁报纸的时间有限，一般也就一两个小时。我们的穆萨小工就喜欢租来看。

有次我觉得好奇，叫穆萨把报纸拿过来看看，发现里面内容还不错，自己也能勉强看懂一些。最重要的是，里面有很多实时的信息和新闻，还有国际新闻，这能让我在加强英语功底的同时了解更多的国家情况和国际信息，何乐而不为呢？就这样我在每周一到周六的上班时间买下那份报纸（周日休息）和穆萨分着看，不过我的英语水平没他好，有很多词汇不认识，而英语是他们的官方语言，上过几年学的黑人看份英语报纸那基本上跟吃豆子一样容易。

但是另外一个黑人小工乌玛鲁可就看不懂了，因为他在乡下没有条件接受基本的教育（这个情况是相当普遍的，很多黑人小孩没有接受过基础教育），只能讲些很简单的英语。平日里店里没有客人的时候我就会拿出报纸来慢慢看，并且把一些不懂的生词用笔画出来，回去后查字典，一直到全部弄懂为止。

刚开始的时候是很折磨人的，那么大一张写满了密密麻麻英文的报纸哪里是那么好看懂的，我看着都觉得头昏脑涨。一张报纸我有可能要花 3—4 天（其中包括晚上 1—2 个小时的休息时间）才能基本理解其 50%的意思。这种痛苦的阅读有时候真的有点让人想放弃，但是还好皇天不负有心人，两个月之后效果就出来了。由于报纸中的生词和专业词汇出现频率很高，经过几次反复接触和记忆之后，那些出现频率很高的词汇也被我一一拿下，在这之后浏览报纸就成了我的乐趣。唯一让我头痛的就是那些天天出现的新词汇，我把这些新词汇一遍又一遍地写在我的生词本上，于是它们慢慢地也变得没那么可怕，最后全部乖乖地束手就擒。

人会对未知的事物抱有恐惧或崇拜，但是一定要有颗坚定的心，这些恐惧便会迎刃而解。就像马云经常挂在嘴边的一句话："今天很痛苦，明天会更痛苦，但是后天会很美好，而大多数人会死在明天晚上。"现在想想，这句话真的蕴含很大很大的哲理啊，坚持就是胜利。就这样，我养成了看英文报纸的好习惯，到后来我基本一个星期看 4—5 份报纸，我的房间里也积攒了一大堆旧报纸。那堆旧报纸也快值 1000 多元人民币吧。这个就算是语言能力的投资了，既然是投资当然就有回报，直到现在英语还是我自认为掌握最好的一门外语，虽然我现在一年只用到几次。

由于英语水平提高了，我和黑人客人能够很好地沟通和交流，客人们到了店里也直接找我洽谈。语言交流通畅了，工作自然也得心应手。在国外工作的朋友们，掌握当地的语言是第一重要的，只有具备了这个前提，你才能和本地人融洽地沟通，赢得他们的信任与尊重，在这样的基础上才能建立真正的友谊。而这样的交流会让你在不知不觉中积累不错的人脉，并从中获得更多信息。

现代社会是一个信息时代，掌握了信息你就掌握了机遇，这句话一点都没有错，就好像是一件好事别人都不知道，那又怎么可能成为你得到这个项目的竞争对手呢？一个经典的比喻，上天给了你一门语言就好像是给了你一把钥匙，一把钥匙可以帮助你打开一扇门，而在这扇门的背后是一个世界。在你面前有形形色色的门，普通人一般只拥有一把钥匙，所以他就只能在这扇门里度过。而设想一下，如果你有两把或者更多的钥匙，你就能够开启更大的世界，体验一个别人所不能体验的世界，这样的感觉有可能只有你自己才会知道吧。

坎帕拉传奇

The legend of Kampala

以色列防盗锁高端品牌“大力神”（这种锁是离心锁，本身已经使用了非常复杂的专利锁芯，再加个钢制外套焊接在铁门之外，保障锁本身不被剪断。这也是我见过的最厉害的锁，可以称得上锁中的战斗机。）

如果语言只是一门在坎帕拉当地生存的基本技能，那以下的一些经历就是促成我写这本书的主要理由。读万卷书，不如行万里路。对我来说，这些还不足以成为我对我的那些经历的完全表达。应该说，世界真奇妙，不看不知道，看了吓一跳。

早在来坎帕拉之前就听阿亮说了之前发生在这里的一个传奇故事。一个叫金雄的前辈（大伯、伯母的前生意合作伙伴），在坎帕拉的一天下午，拿着一天的营业额去钱庄（不同于大银行，一般是由印度人开的私人钱庄），在离店面没多远的地方被当地黑人拦截了，几个黑人用枪指着他的脑袋把他逼到了一个角落，让他把钱拿出来。出于本能，金雄不愿意交出大家辛苦了一天得到的货款，于是挣扎了起来。这下可惹火了抢劫的黑人，那个黑人扣动扳机，砰一声枪响，他应声倒地。店里的人听到了枪响，觉得不对劲马上冲了出来，发现金雄倒在血泊中，满脸是血，脸颊上有个洞，是子弹打穿过去的痕迹。店里的人手忙脚乱地把他送进了医院，就在大家都觉得自己的伙伴可能要离开的时候，奇迹发生了——这位老兄竟然被抢救过来了。

后来大家都在那里分析：首先是子弹没有击中要害，而是从脸颊进去、从后脑穿出去了，并且黑人开枪时是顶住金雄的脸，所以子弹没有飞行出很长的轨迹。因为子弹在滑出枪管的时候是会旋转的，如果你看过《黑客帝国》，基努·里维斯那个经典的闪避子弹的镜头就可以很清楚地描述我所讲的这个子弹的运行轨迹。这样的旋转力一般会给肌肉带来更大的伤害，因为子弹在旋转的时候会撕扯周边的肌肉。简单地说，不是说子弹打到的地方就是子弹大小的一个伤口，而是会比这个大几倍的伤口。

在这件事情发生后，“大难不死，必有后福”的传说再一次得到了印证，他和大伯、伯母分开单干后也发财了。我也和他见过几次，有时候我特意留意他脸上，也没找到什么疤痕。虽然盯着人家的脸看很不礼貌，但那是出于对这位传奇人物的好奇，看他平时活蹦乱跳的样子，好像没发生过什么事似的。

不过这种用生命来冒险的做法，我真的不推荐，因为在国外被抢劫是再平凡不过的事情了，至少对于我来说是这样的。一般在国外如果有人拿枪来抢你，那我们唯一能做的，也是最好的选择，就是乖乖地把钱交给他，因为一般他们也是有“职业操守”的：只谋财，不害命。过于激烈的反抗，都会使冲突升级，尤其是持枪的歹徒。就算他不想伤人，但是枪不长眼，走火了倒霉的也是我们自己。如果碰到了这样的情况请先让自己保持冷静，把钱掏出来交给他，表示你的顺从。劫匪一般拿到钱了也不会再把你怎么样的，如果是有一点“良心”的劫匪，还会把你的身份证、护照之类的还给你。我对于他们这方面的操守还是相信的。

有一次我的朋友被抢劫，钱、手机等全部都被收走了，但是最后抢劫的人把手机里的手机卡抠出来扔还给他。虽然被抢劫不是什么好事情，但是如果处理不得当就会变成一个大灾难了。请各位朋友珍惜生命，远离冲动，更不要逞强。

不过在这里给大家提一个建议，最理想的办法就是最好不要带大钱在身上（比如营业额或者大笔现金），如果不行就把大钱和小钱分开，小钱拿来处理这样的抢劫情况，主动双手奉上。丢卒保帅，这个道理应该谁都知道吧。抢劫的人一般也没那么多精力来搜你。

还有就是钱和证件要分开放，抢劫的人对你的证件半点兴趣都没有，但是如果钱和证件在一起，一不小心就被一起拿走了。钱没了还能赚，但是如果证件比如护照没了就麻烦了，尤其是在国外旅游的朋友们，一定要记住“钱可以丢、证件不能丢”这个原则。证件一丢，一来影响你旅游的心情，二来为你的行程带来很多不便（比如护照上的签证、入住酒店登记、机场登机安检，等等），而在国外的中国大使馆补办护照一般是要 7—15 个工作日的，加急最快能快到多少我反正是不知道。如果是别的什么丢了没有关系，如果是护照丢了的话那我就害怕了。如果钱丢了或者是钱全部被抢完了，那你只要去警察局，那里会管你的，应该也会管饭。同时他们也会通知中国大使馆，如果有大使馆的人出面很多事情就很好解决了。

黑人:力量之美

Black people: beauty of the strength

力量之美:黑人搬运工扛起 100—150 公斤重的纺织品压缩包

作为黑色人种来说,他们的身体素质是一流的,在我看来,他们几乎不需要很多系统的训练就能成为一个很好的运动员,无论是耐力还是力量都是与生俱来的。在国内装货的时候我们中国搬运工扛起来有点费劲的大包,黑人能够轻松地扛起来,而且走起路来轻轻松松。

我举个很典型的例子:商店里曾经有进过全棉的床单,400 条床单一个大包,而且是打了压缩包的(就是用真空压缩打包的方式,把货物中的空气给排出来,节省装集装箱货柜时所占用的体积,以便一个集装箱货柜可以装下更多的货物),这样的一个大包裹,重量可以达到 100—150 公斤。把包裹打成这个样子估计会让一些搬运工骂街(因为一般一个包裹超过 50 公斤就不大好搬了,这个我本人也有尝试过),我都觉得这样重的包裹确实有些反人类。这样的大包在国内应该是没有人吃得消拿的(至少那时国内装柜的时候他们都是用铲车来帮忙的),它的重量就好比是两个体重为75公斤的小伙子,你要扛着这两个大小伙走大概300米的路,而且中间还有一段路是从一楼到二楼大约有50多级的45度角上坡的楼梯,这活可不是一般人吃得消干的。每次他们把这些包裹搬到店铺,包裹被扔到地面的时候总是伴随着砰的一声巨响。因为我们在二楼,最早几次卸货的时候楼下的黑人哥们还以为是地震了。

到现在我还常常和国内的搬运工说,我在非洲的时候一个黑人能扛150公斤,从来没人相信我。其中的经典之作是有个大个子黑人搬运工,以前好像是有练过拳击的,身高臂长,大约190厘米高,90公斤重的样子,力气大得让我们几个中国人都看得傻眼了。他能够把这个100多公斤的大包顶在头上行走。而这样对于我们来说是一种人类力量极限表演的事情,对于这些黑人来说只是一份养家糊口的平凡工作而已。

至于耐力方面,大家都知道在国际马拉松和长跑比赛中冠军一般都是黑人。比如,牙买加、肯尼亚、喀麦隆都是盛产长跑名将的地方。为什么黑人能包揽这些长跑比赛的冠军啊。我小小地研究了一下发现,其实黑人练长跑是出于无奈。由于缺少资金,黑人没有办法请好的教练,买一些好的设备与器材帮助训练。你想,连吃顿饱饭都成问题的国家,还指望营养师来给你每天订餐吃什么吗?!成为体育冠军无疑是致富的捷径,而所有体育项目中又不是那么需要训练配备的项目(简单地说就是不怎么需要花钱的项目)也就只有长跑了,你只要一条裤子、一双鞋就能练了,有没有上衣都不是很重要。非洲本土的运动员都是在这样苛刻的条件下成为奥运会冠军的,这的确很让人尊敬。我们的110米跨栏飞人刘翔从开始训练到后来奥运夺冠一共花了多少训练经费,估计也只有他的恩师、教练孙海平才知道吧。虽然我不知道需要花多少钱,但是我确定这个数字一定蛮吓人的。

我为大家再讲述一个小故事,你就能体会黑人的耐力是多好了。一个风和日丽的周日,我们几个中国人接到老板的指示,由于下周要到集装箱,所以需要我们去整理仓库。我们几个中国人就去仓库,找了四个黑人搬运工,从早上九点干到晚上七点,中间他们只用了两分钟时间吃了一根香蕉、喝了一瓶水,但是整理仓库时他们都没有停下来过。就这样,他们把大大小小的货物从这头挪到那头,那一天我们这几个监工的中国人站着都有些吃不消了,但是勤劳的小黑们用他们的汗水谱写了一个人类耐力极限的“神话”。临走给他们工钱的时候,他们幸福地朝我们傻笑,嘴角轻轻上扬,为晚上到家有钱花而高兴万分。反正我是怎么都看不出来他们是已经连续工作了十个小时重体力活的人,走的时候还是步步生风,双臂挥动有力。只留下我们这几个因为站了一天而觉得脚后跟有点痛、腰有点酸的人在微风中凌乱。在那个时候我就得出结论,人和人之间还是有区别的。

不过上天是公平的,不可能把什么好事都留给一个人。就好像黑人在身体优势上强于其他种族的人,在别的方面就稍逊一筹。并不是我歧视黑人,有的时候是因为没有教育经费,很多黑人都没有上过学,有些黑人上过学而且也很聪明,但是这些只是少数,至少我这个在非洲待了四年的人是这么认为的。黑人常常会一根筋,简单直接,不会转弯。就好像早上在店里因为讨价还价和我吵起来,然后不欢而散,下午他就又屁颠屁颠地跑过来笑着买东西了。这个境界我们中国人是做不到的。有时候教他们做一件很简单的事情教多少遍他们总是学不会,而且反应总是慢半拍,一开始这真的很让人受不了,但是时间长了也就习惯了,只是千万别把自己陷入他们的节奏,否则你回中国的时候人家就要把你当成怪人看了吧。很多黑人体育明星也经常做出一些很让人费解的事情来。比如,意大利的黑人足球明星巴洛特利,说了很多无厘头的话,也做了很多让人不可思议的事;还有酷爱炫富的黑人拳王梅威瑟。他们的内心世界是什么样子的,我们真的不懂,我们也很难用"逻辑"这个词来解释他们的言行举止。但是这也许就是上天创造不同人种时的公平原则吧。

偷与抢

Steal and rob

仓库保安及时发现和制止了这起有预谋的偷窃

“偷”这个让全世界人民都愤怒的字眼，在坎帕拉好像根本就不叫个事儿。对于那里的人来说，你自己的东西被偷了，不是别人太狡猾把你的东西偷走了，而是你没有把自己的东西看好。错的是你自己，因为偷窃在坎帕拉天天都会发生，事件有大有小；偷东西的有穷人，也有富人。

平时的小偷小摸不打紧，但要是把你仓库的货都搬走的情况就让人吃不消了，有把仓库房顶割开爬进去偷的，有把仓库门用切割机割开进去偷的，手段、技术层出不穷，令人眼花缭乱。有的是店面里的黑人员工知道当天中国人带了多少钱回家，然后通知自己的同伙带上家伙去中国人家里抢劫；也有的是一天上班结束后躲在店面的角落里，晚上出来把保险箱撬开将里面的现金洗劫一空；还有的是和仓库的保安串通好里应外合把仓库里的货物用车装走；有时中国人自己花钱从保安公司雇来保安，用枪指着你直接问你要钱。以上这些有些是我朋友的经历，有些是我自己的经历。

而在这所有被偷盗经历中最让我印象深刻的是一次预谋了很久的偷盗计划。我们公司在一个仓库公司租有一个大仓库。上一次小仓库因为保安和搬运工里应外合被盗，损失惨重，所以我们不惜下血本租下了这个保险系数最高的仓库。仓库周边的围墙很高，进出只有一个入口，进来的人都要经过仔细排查，而且每个路口就有一名持枪的保安，随机轮换守卫也是为了避免里应外合偷盗仓库的事情发生。但是就在这样保险级别高的仓库中还是发生了一起惊魂大偷盗。我们在使用这个仓库的同时少不了搬运工，我们有一个合作了很久的搬运工头头叫弗兰克，他手底下有一大批黑人搬运工，平时到集装箱卸货、装货或是整货我们都会叫他准备人手，帮我们至少一年多了，就连仓库门口的保安都十分熟悉他。他看起来也还老实，管理手下的小弟们也有一套，那些手下都蛮听话的。平时帮我们做事不讨价还价，做事情也很认真。但是就是这个人给我们上演了一出黑人版的无间道。

由于他很清楚我们每个星期的周六是不去仓库的，有什么事情我们都会留到周日去仓库完成。所以潜伏了那么久的弗兰克就叫了一批兄弟，雇了辆卡车，带一把液压钳、两把锁，打算利用周六我们不去仓库的时间差，拿钳子把锁剪开，准备一举偷一大车货走，而锁是准备把仓库里的货偷出来装车后再锁上去，这样就好像什么都没发生过一样。由于熟悉我们中国人的工作规律与作息时间，也清楚仓库内部货物摆放的位置与价值。他和他的一群手下直奔我们的仓库，他们对看守大门的保安说今天中国人不过来了，由他们负责来装一车货要拉去我们的店面。就这样他们顺利地进入了仓库。之后他们把卡车停在了我们仓库门口，他们故意把车停得离门锁的地方很近。这样一来就可以为他的下一步计划——用液压钳剪开门锁充当掩护。一切朝着他的计划进行着，“咔啦”一下，两把锁中的一把被他剪下来了，眼看他的偷盗计划就要随着第二把锁被剪开而成功，这时候一个仓库保安发现了他们的行为，就上来仔细看了下，发现他们是在偷盗仓库，立马举枪让他们不许动，他们一看计划败露立刻转身想逃跑。保安朝天开了一枪，这一枪一是为了吓吓这些人让他们投降，二是为了振奋自己的士气顺便把周边的同事们吸引过来帮忙。

傍晚时分，仓库那边打电话过来对我们说仓库出事了，我们一行赶了过去，看到这情况时，真的都吓出一身冷汗，这要是让他搬一车货走的话不知道要损失多少钱；如果他再贪婪点回头再拉几车把仓库搬空也不是没有可能的，因为他会用自己带来的配套钥匙和锁。这个事情也算是不幸中的万幸，虽然被别人盯上了，但总算是没有什么损失。当然少不了重金感谢那位发现这起偷盗事件的黑人保安，大伯给了他大约1000美金的红包，毫不夸张地说，这个数目应该是高于这个保安一年的工资。而被抓起来的弗兰克和他的同伙们被仓库保安关在保安办公室里面，脱得只剩裤衩，然后痛殴了三天三夜，再由仓库报警让警察把这帮小偷带走。

这里我要让各位朋友知道，在非洲，警察并不是你想象中那样有什么实质性的作用。就好像如果在马路上一个警察抓到了一个偷钱的小偷，警察第一个问题一定是：钱放哪里去了？然后等拿到钱之后警察就只管自己走了，而小偷根本不会受到什么惩罚。没有贼来犯罪，警察又哪里来的借口冠冕堂皇地收“保护费”呢？如果你报案后那些黑人警察会以办案经费、打车费为由问你要钱，一次又一次，到最后其实什么事都没有办，钱倒是全部进了他的口袋。我们这些报案的中国人开始还真的相信他们的鬼话，到了后面也就疲了，算了算了，不管什么事情都自认倒霉吧，因为谁也不希望再来个二次伤害，被贼坑完了之后还要被警察坑，雪上加霜啊。

如果你不能改变这个环境，那就只能改变自己，调整心态，破财消灾。要不你还能怎么样呢？你现在是在非洲，是在黑人的地盘上。而那个被警察抓去的弗兰克六个月之后就被放出来了，华仔那天在去仓库的路上看到了他，人家在马路上悠闲地骑着自行车。在非洲偷与被偷都不叫个事，只能怪你自己没有防范好，不小心，没有管好你自己的财产。

上面说的只是个被偷的故事，下面这个更惊险，讲述的是一个我们雇用的保安监守自盗、持枪抢劫我们别墅的故事。

我们住在高尔夫球场边上的一幢别墅里，前面也已经提到了，我们一直养狼狗来保护别墅的安全（在坎帕拉如果没有养大狗放出来晚上巡逻的话那就真的是太不安全了，用狗或者是雇用保安公司的保安，两者选其一是必须的）。这几天估计是有黑人想打别墅里那些财物的主意所以先来投毒，毒杀我们养的三条狗。只有一条名叫 BOBI（草狗）的狗聪明，没有吃他们投进来的有毒食物，另外两条狼狗都被毒死了。

由于这样的事件发生威胁到了我们居住地的安全，我们迫不得已找了一家叫 G4 的国际保安公司，他们在全世界好几个国家都有分公司，我们雇用了这个保安公司的黑人保安，而这个黑人保安每天晚上会带枪来别墅里面执勤守夜。大约几个月后黑人保安可能发现，每天晚上我们会交给大伯一些用黑色塑料袋包起来的东西，没错，这里面都是当天的营业额现金。

有一天晚上，我已经在自己房间里睡着了，这个黑人保安就举起了枪指着独自在院子里的阿亮的脑袋问:Where is the money? 阿亮当时脑子一片空白,他就在那里漫无目的地带着黑人保安从家具店这头走到那头,又走到了外面的院子里。由于这个黑人保安没有在短时间内拿到自己想要的东西,便开始有些慌张了。而此时华仔和他老婆两个人突然从房间里走出来到院子里,这下黑人保安就再也没有耐心乱转了,丢下枪落荒而逃。他跑了之后,阿亮嚎了一嗓子把我们所有人都从房间里叫了出来,告诉我们刚刚发生了什么,我们给他拿了张凳子坐,倒了杯水压压惊。大家都安慰他,"为什么不把钱给黑人保安呢?"大伯问他。"其实我当时也是大脑一片空白,耳朵嗡嗡地响,不知道该做什么了,只是想走到有自己人的地方。"然后大家经过商量之后一致通过一项决议,无论发生什么样的抢劫或者是偷窃,把钱给他们。保证生命,安全第一;留得青山在,不怕没柴烧。

在乌干达做生意的中国人基本上都被偷过或者被抢过,其中唯一的区别就是被拿走的钱或是财物价值的多少。为什么我们华人这么容易成为犯罪团伙的盗窃目标呢?第一,对于作为生意人的华人来说,避免不了有时候会持有一些现金在身边。第二,对于黑人来说,偷抢中国人好像有点劫富济贫的感觉,犯罪成本很低,就算被抓了,送去警察局,没过几个月就又出来了。如果是跑到乡下或者是邻国那就不会被找到了,警察你不给他钱他才懒得去乡下找人呢。第三,黑人的确是太穷了，一个普通黑人一个月基本工资也就 50—70 美金，没有养老金，没有医保。所以各位朋友，非洲的黑暗面估计跟你们想象中也有 60%接近了，只是那些比较大的暴力事件比如说屠杀、暴动、打砸抢啊，发生的几率不是那么高，一般也就是接近总统大选的时候才会比较容易发生。

暴乱

The riot

出现骚乱最频繁的街区

现任乌干达总统穆塞维尼，70 岁左右，游击队出身，用毛主席的“枪杆子里面出政权”“农村包围城市”的理念打败了其他各路人马，夺得了乌干达的统治权。当上总统后的他，修改宪法，允许总统任命时间不受法律控制，也就是在这个位置上他想干多久就干多久。在美国人眼里这个就应该叫独裁了吧，不过从另一个角度看，这个独裁者做得也还可以，至少乌干达算是非洲几个为数不多的治安不错的国家之一，我们华人晚上十点还能够在马路上闲逛。听起来是不是很不可思议？现实就是这么一个矛盾体，偷抢是平常的事，但相对还是比较安全的。对于我们华人来说，有很多非洲国家是不能单独出行或者夜间出行。乌干达枪支控制也是相当严格的，没有外汇管制，经济比较自由，国家的管束不是很严，税率也不高。还有就是，本国乡下的客人以及周边刚果、肯尼亚、卢旺达和布隆迪的黑人也常常跑到坎帕拉来拿货。对于做生意的华人来说，在这个国家做贸易出货有量，而且治安好，政局稳定，签证也比较容易，算是个比较理想的地方。但是如果碰上突发事件，或者是总统大选的日子，也不是那么安全的。

2007 年老总统穆塞维尼想要连任，但是跑出来一个叫拜瑟吉的反对党领袖，出来和穆塞维尼竞选总统。以往都是老总统一边倒的胜利。但是这次老百姓想换一个总统，就好像你天天吃同样的白米饭有点厌烦了，突然这天你就是想试试吃面条的感觉，不管面条好不好吃我就是想换换口味。支持拜瑟吉的黑人占了大多数。这下老总统可急了，马上找人运用在职时候的权力和手腕把拜瑟吉先关起来，安了一个强奸的罪名给他，然后在报纸上大做文章，说这个家伙强奸，有艾滋病，等等，企图用舆论的优势直接把拜瑟吉的政治前途扼杀在摇篮中。但是没想到的是，老百姓不吃这套，觉得老总统是栽赃嫁祸，所以引起了一场暴乱（我一共经历了五次暴乱中的一次，但这是规模最大的一次）。

大概是下午两点钟，抗议老总统栽赃嫁祸的黑人们走上街头，四处焚烧轮胎，在路口设置路障，跟大批的警察对峙，石头被那些抗议的黑人扔得满天飞，警察们也不是吃素的，高压水枪朝着暴乱者喷，催泪瓦斯也一个接着一个地丢过去。催泪瓦斯掉在地上散发出很浓的白色烟雾，同时又散发出一种浓烈的刺激性气味，酸酸的，又十分呛喉咙，眼泪都被这种气味给逼了出来（如果碰到这样的情况，请立刻找块布或者手帕沾水后捂住鼻子，这样可以使你免于被催泪瓦斯的刺鼻气味影响到）。街上所有的店铺早就关门了，大家都躲在店里。马路上静悄悄的，连条狗都没有。一边是安静的马路，静得能听到风把地上的沙子刮起来的声音。而马路的另一边则是抗议者和警察的战斗，激烈血腥。

抗议者们采取游击战术，从一个地方打到另外一个地方。而我们这些华人和另外的一些黑人则静悄悄地躲在店面里，等待这一切的结束。碰到这种情况时除非确定双方的战斗转移到别的地方，要不然千万不要走到马路上去。如果这个时候出去，被游行的人或者是趁火打劫的人撞见要么丢钱，搞不好命都会丢。只要有暴动，我们华人商铺就一定会有损失，有个新来的中国人因为店门关得晚了，黑人暴乱者一拥而上把他的店面给搬空了；有几个华人在路上走，被几个黑人趁乱抢了他们随身所有的钱；另外有个华人被暴乱者用石头砸在脸上，鼻子都敲断了，鲜血四溅，躺在了路边。我们华人有时候互传消息，也得知在暴乱中有两个中国人被黑人杀了。

我们在当地最害怕的就是暴乱。因为这个时候人性的黑暗面会充分展现，警察因为人手不足、顾此失彼给犯罪者留下漏洞。我们也没办法预料接下来有什么可怕的事情将会发生，暴乱是否持续很久，是否会升级，我们也很担心。暴乱的人群会不会把目标转向我们华人或者华人的商店，会不会发生针对华人的打砸抢烧或者是针对华人的屠杀事件（如 1998 年在印度尼西亚曾经发生过当地人屠杀当地华人）。我们华人在当地并不是和当地黑人相安无事，因为在他们眼里，我们是把他们的钱赚走的人，如果有机会他们一定会想要报复，他们会把那些积压在内心的怨恨转化为实际行动。

但是暴乱总会过去的，这个只是一个插曲而已。暴乱之后工作和生活还要继续。有时候如果天公作美来一场及时的大雨，那这场暴乱就铁定能够早早收场，因为大雨不仅能浇灭那些燃烧的轮胎，浇灭那些暴乱者内心的怒火，同时也能让那些暴乱者无处藏身，只好早早回家。每当暴乱平息后，我们总是很庆幸自己毫发无伤。

那场暴乱结束时，已经快到晚上了，我们一行人回到家吃完饭坐在院子里，大家手里拿着一杯酒，静静地坐在那里。抬头看着星空一言不发。虽然是危险的一天，但是我们至少安全度过了。那一刻，我们很平静，也很庆幸。

并不神秘的赌场

No secrets in Casino

位于坎帕拉的一家卡西诺赌场

赌博和设立赌场在中国都是违法的，但在乌干达，赌场是合法的。在坎帕拉市区里有好几家赌场，他们都叫Casino(卡西诺)，赌场里有厨房、吧台、餐厅，装修得也很高级，当然有很多赌博项目：老虎机、扑克牌、转盘，等等。里面的食物、酒水全部都是免费的，想吃什么就给你拿什么，光是这个你就知道赌场到底有多牛了吧。不怕你赢钱，也不怕你白吃白喝，就怕你不来。一到晚上，那就是夜生活聚会的又一高级场所。

赌场里面有黑人也有白人，有中国人也有印度人。反正是什么人都有(大多数是我们中国人)。由于我本身不是很喜欢赌博，对这个东西不是很感兴趣，所以只去过那么几次。每次也就是拿个一百美元玩下，输完了也就回家了。但是像我这样好心态的人并不多。都是想进去赚钱，赢了后还想要赢更多的；而输了那就更麻烦了，想扳回来，越赌越输，越输赌越大，然后就糊里糊涂地输了很多钱。那个时候的人好像是中了邪一样，脑子里面想的没有别的，只有一样东西，就是要去赌场里翻本赢钱。

前文中的大光头老板就曾经在赌场里一个晚上输掉10万美金，赌场第二天就把里面的桌椅都给换新的了，以后看见这个光头老板，经理一定亲自出来迎接，点头哈腰，好不热情。并且双手递上光头老板最喜爱抽的古巴雪茄套近乎。谁不喜欢给自己送钱的财神爷啊。

但是，不是每个人都吃得消这么输的。很多人，不管是印度人还是中国人，输到后面都是倾家荡产，更有甚者是把命都输了的。在坎帕拉有很多中资机构，公司里面有很多的公职人员，他们是被派到坎帕拉做一些国家项目的人，平日里没事的时候也会去卡西诺赌钱。其中有一家中资公司的会计和出纳，两个二十多岁的年轻人竟然把公款拿出来赌博，他们俩几乎每晚都在赌场里，玩的是转盘（说实话他们打得其实不错，很有技术含量），但是在赌场这种摆明了输赢几率不对等的地方（一般来说，赌场赢的几率是60%以上，而你赢的几率是40%以下）。也就是你去赌场的次数越多，那你输给赌场的几率就越大。如果你天天去，那几乎就注定你常常给赌场去送钱，只是送多送少的问题。这两个小伙子大概是一开始想用公款当本钱赌博，赢些钱自己花花，完了再把那些公款给填回去。但是赌场哪是吃素的，怎么可能让自己亏本？他们在赌场里输得越来越多，而那个亏空的黑洞也是越来越大，听说他们最后在赌场里一共输掉了大概50万美金的公款。过了一年后我再去赌场时，那里的一个中国人告诉我，那两个小年轻回国后被抓起来了，被判了死刑。唉，年纪轻轻做什么不好。

但那之后赌场生意依旧是那么好，我身边的很多华人朋友就是改不了这个习惯，工作结束后就去卡西诺赌博（有的甚至是大清早就去，一待就是一天），这个卡西诺已经成了一个和赌博等同的词。不光光是在坎帕拉，在很多其他非洲国家，当地华人晚上去赌场几乎是一种通病，哪里都一样。我个人觉得，发生这样的情况也是当地华人在没有办法融入当地人的生活和社交圈子情况下而做出的一种逃避。这样的华人大多数不会讲英语或是当地语言，和当地人几乎没有什么交流，当然融入不到当地的社会和生活中去。其实在乌干达还是有很多其他的娱乐项目的，比如说打台球，打保龄球，看电影，逛超市，溜冰，喝咖啡，听演唱会，去酒吧，聚餐，去游乐中心，这些都是周末或夜晚可以参加的活动。

正所谓久赌无胜家，轻则倾家荡产，重则妻离子散、小命不保。希望大家引以为戒，珍惜生命，远离赌博。

花园之城

Garden city

花园之城(1)

花园之城(2)

花园之城(3)

花园之城(4)

花园之城(5)

包括我在内的很多年轻华人会选择去高尔夫球场附近的花园之城(Garden City)玩,那里有超市伍秋密(Uchomi)、电影院、游戏厅、台球、网吧、溜冰场和很多餐馆、商店。这是由印度人修建的一个综合娱乐中心,规模很大,占地面积在10000平方米以上,和国内的娱乐中心有得一拼,只是装修之类的就没有国内的奢华罢了,不过不得不说还是很有自己的特色。

整个娱乐中心共五层:第一层是车库,第二层是超市Uchomi,第三层是零售店、健身房、书店、网吧等，第四层是电影院和餐厅。整个娱乐中心是以非洲原始丛林的风格修建起来的，旁边还新建起五层楼高的停车库，都是地上的(坎帕拉基本没有什么地下建筑)。毫不夸张地说，这个花园之城就是整个坎帕拉的娱乐心脏。我和朋友们常常在节假日来这里娱乐休闲，因为在我们看来，到这里的超市买点东西，逛逛品牌商店，去游乐中心打一会儿游戏，都是在坎帕拉梦寐以求的休闲娱乐活动。

每个周日的早上，我会从别墅徒步走到 Garden City(只有 15 分钟的路程)，一边欣赏道路两旁绿油油的草地，一边欢快地走着，觉得这个时候是最没有压力、最放松的时候。到了 Garden City 后，我会去超市买早餐：一瓶牛奶，几个面包。然后在里面的走道边选个长椅坐下来，慢慢享用。虽然这个面包和牛奶并不是什么人间美味，但是这个可是我唯一而又宝贵的私人早餐时间，什么事情都不能阻止我享受这一刻的安宁与平静，就算是天塌下来我也不会去理会。只有在这个时候的早餐才是我认为最最完美的，吃的并不是它的味道，而是它的意境和情怀。

吃完早餐，我会给家里打个电话或者是发几条短信，告诉老爸老妈我很好，很健康，很快乐。我一直认为这件事很重要，因为远在他乡的我唯一能够做的就是给父母报平安，同时也祝福他们同样身体健康，虽然分别在世界的不同地点，但我们的心从来没有分开过，彼此之间的爱不需要言语来表达，有时候一个简单的问候“你最近好吗？我很好。”已经倾注了我们所有的感情。我们不会交流太多的细节，因为我们都彼此清楚这样的距离有时候还是让一些事情变得简单点比较恰当，只要让对方知道彼此身体健康、工作顺利就够了。我们都不会给彼此一个为对方担心的念头。

打完电话后，我就会在 Garden City 里面漫无目的地闲逛。这样的闲逛应该算得上一种精神上的放松了吧，因为从周一到周六都要精神饱满地去进行千篇一律的工作，只有周日才可以做一些与平时不同的事情。

我听我在国内杭州上班的朋友说过，周一到周五要在公司加班加点地工作，觉得很累，而到了周末就在家里一直睡觉，从早上到下午两三点，整个人都睡得晕乎乎的，反倒觉得比上班的时候更累。我觉得休息并不一定是真的躺在那里一动不动，我们需要的其实是去做一件和平时工作完全不一样的事情。比如一个星期你都在用大脑的一块区域思考问题、解决问题，而周末你完全可以用不同的另一块区域去运动，比如去跑步、打打球。而反过来如果是经历了一个星期五天体力劳动的人，周末时可以去图书馆或者是书店拿几本书来充实下自己的精神世界。

同样，去一个地方旅行也是一个不错的选择，旅行是什么？"旅行就是从一个自己过腻味了的城市，到一个别人过腻味的城市。"人们之所以热衷于旅行，便是想从别人的世界里找到自己的世界中所没有的东西，这个东西不一定有它的形态，但是却现实地存在着。而在探索了一圈后，你回到了自己的世界，你突然发现你的世界对你来说又有了新鲜感，正是这个力量支撑着你继续在公司努力工作。如果再简单直白点说，你天天吃的主食是白米饭，偶尔给你吃一顿面条，你会觉得这个口味不错，回头另外一天你再开始吃白米饭时，你会觉得这时的白米饭会比之前的味道更好。

在 Garden City 逛到 11 点左右的时候就该回去吃午饭了，吃完午饭休息一下之后，下午 2 点左右我们几个朋友会再一次到 Garden City，去那里的游乐中心打台球，打游戏，一直玩到吃晚饭的时间。我们有时就直接在那里的大餐厅吃饭。餐厅是好几家小餐厅组合起来的，就好像是银泰楼顶的美食城那样的，有炸鸡、印度菜、烤肉，还有比萨。但是没有肯德基、麦当劳这样的国际快餐连锁。我一直不明白，为什么这两个餐饮巨头，不在乌干达开分店，是不是觉得这个国家太穷了，就算开起来黑人会吃不起啊。

楼顶的电影院我偶尔也会去一下，因为是全英语的原版电影，连字幕都没有，看起来很吃力，所以一般都不大去看。在那里只看过几部电影，但是其中一部电影 *The Last Kikg of Scotland*（《末代独裁》），我记忆最为深刻，是由美国拍摄的，讲述的是艾迪·阿明统治时期的乌干达的状况，该影片从一个英国毕业学生的视角去看这个残暴的统治者是如何统治乌干达这个国家的，并且最后精彩地展现了以色列特种兵执行的恩德培机场的劫机援救事件，给观众们展现了一个真实的乌干达、真实的非洲。

除了这部电影，我想为想要来非洲工作、考察或者是旅游的朋友再推荐两部关于非洲的经典电影：一部是讲述卢旺达大屠杀的电影 *Ruwanda Hotel*（《卢旺达饭店》）（我曾经独自一个人去过卢旺达两次），还有一部是美国突袭索马里反政府武装最后被包围深陷苦战的 *Black Hawk Down*（《黑鹰坠落》）。虽然这三部电影，由于其夸张的艺术表现手法，把非洲这个地方描述得过于凶险，但是如果能对其有一定的认识之后，在出发来非洲之前做好充分的心理准备会比较好。因为我个人觉得这几部电影都拍得非常到位，抛开影片里面的惊险情节不讲，因为取景的地点都是在当地。影片对当地风土人情的描绘还是很到位的。

家乡的味道

Taste of hometown

位于坎帕拉市中心的上海餐厅

都说民以食为天，在全世界任何国家都有中餐馆的存在，中餐对于其他国家的人来说绝对是一项无可厚非的美食。当然，在非洲的乌干达，中餐馆也毫无悬念地存在着。在坎帕拉的中餐馆里面，厨师和服务员有黑人，也有中国人，而厨房里在烹饪每道菜的时候较国内稍稍有所改变，多加香料、盐、味精。也就是说，小黑他们的口味都比较重。这样一来，味道清淡的菜几乎是不出现的，比方说，清蒸鲈鱼这种菜一定不会出现在小黑们的餐桌上，一来小黑们（其他老外同样）吃不惯这种淡雅的鲜美味道，二来光是和死鱼对上眼睛他们就不是很舒服了，所以一般小黑们（其他老外同样）吃鱼是不带头的（连在市场里卖鱼的人一般也是把鱼头处理掉之后再给买鱼的人）。这一点就能看出我们中国人不同的饮食口味和饮食习惯。

在种类繁多的中国菜中，适合小黑们口味的就是浓郁的勾芡汤汁和一些油炸的菜色，这些是他们比较中意的选择。而糖醋里脊、炸春卷、炸排骨、浓汤、铁板牛柳（铁板牛柳的精髓就在于当服务员把这道菜端上来的时候滋滋作响，一直冒烟，那种云里雾里飘飘欲仙的感觉的确让人食欲大增）便是他们的最爱。

在饮食习惯上我们也有很大的区别，外国人吃饭是以单人一份为单位，不像我们中国人那样一桌子人上来几盘菜，大家随便用自己的筷子翻菜、搅和，间接地互相吞咽对方口水也在所不惜，毫无顾忌。对于小黑们来说这个就不大能够接受了。如果不是一人一盘点菜的话，那最起码也是每盘菜里都要多配一个公勺。而在给他们上菜时，一般是要把所有点好的菜在同一时间全部端上来。因为在他们的礼仪中，在座的各位要在同一时间开始用餐才显得比较礼貌，一个人吃独食是不妥的。

在用餐工具上也有不同，小黑们沿袭英国传统，吃饭的时候用刀叉。我一直很佩服用刀叉吃鸡腿的人。因为我也常常在外国人开的餐馆中用餐，每次使用刀叉吃鸡腿时总是十分无奈，不管我怎么努力、仔细地去用刀把鸡腿骨上的肉剃干净，结果都是失败的。吃完后留下的总是一支被啃得不是那么干净的鸡腿骨头。用刀叉吃饭是一件看起来不难、做起来也不是很难的事情。但是我相信当这些小黑第一次想用我们中国博大精深的筷子吃饭的时候，估计会被搞得焦头烂额、无奈至极吧。

记得有一次回国后在义乌，我在快餐店里碰到一个黑人哥们用托盘打了一些饭菜，坐在了我对面。但是他坐下后半天没有开始吃，而是在那个托盘里找什么东西，还几次把托盘举起来看看桌上，又看看托盘下面。哦，估计是在找刀叉或者是勺子，因为在国内我们中国人打菜的时候里面就只给一双筷子。他朝服务员张望想说些什么但是又打住了，大概觉得即使叫了服务员也不知道该怎么用中文和他沟通。他叹了口气，低下头拿起了那双筷子，笨拙地用自己的左手帮忙把那双筷子放到自己右手的几个手指中间，然后僵硬地去夹菜，一次不行，两次不行……最后在尝试了好几次夹不起来菜后他摇摇头，彻底地放弃了，把筷子扔在一边，直接用手去抓饭来吃（在乌干达的黑人中用手抓饭吃其实是一件非常普通的事情，只是这样的吃法一般只限于家里或者私底下，在餐厅里这样吃饭就不是很礼貌），估计这哥们实在是太饿了，已经顾不得什么脸面了。看着这位在异国他乡“受苦受难”的朋友，我实在是不忍心看他这个样子，便起身叫服务员给他拿一个勺子。我还记得当服务员把一个搪瓷勺子交到他手里的时候他有多么的感动，嘴巴咧开，来了个大微笑，露出了两排洁白的牙齿。看到了这勺子就好像是见到了亲爹。有了这勺子的他，就好比是将遇良才，如虎添翼，一下卷起袖子，甩开腮帮子，撩开后槽牙，把饭菜直接往嘴里送，那场面就好似风卷残云，几下就把那一份饭菜都给扫完了。“真是工具决定了效率啊”，我不禁感叹道。

一般能很自如地使用筷子的外国人都是比较有身份或者是经过比较好的教育的人，说得简单些就是有钱的老外。一般没钱的老外吃不起。这些中国餐馆一盘菜的价格基本是国内的两倍甚至三倍以上。

在乌干达坎帕拉比较有名的几家中餐馆有芳芳餐馆、重庆酒家、阿里郎酒店。芳芳酒店是餐馆和酒店一起经营的，老板娘是拥有乌干达国籍的华人女子芳芳（属于为数不多很早就来到乌干达的化石级华人，但是她本人并没有化石这么老）。芳芳酒店有一个宾馆自带的餐厅，另外还有一个分店餐厅开在坎帕拉大道上。餐厅的环境不错，很有中国风，餐厅里摆有中国水墨的屏风，毛竹架子上有很多青花瓷和陶瓷器件，展现了中国文化的博大精深，而那架放在玄关的钢琴也展现了中西合璧的高雅格调。但是他们的经营风格就以黑人的餐桌饮食习惯为主。上菜方式也是同样，就是那种先让你等着，等菜都烧好了之后一股脑儿一次性给你端上来，这时候很多菜都是有点凉了的，会影响到食物本身的口感。这样的吃饭方式对于我们这些中国人来说也不是十分适应，但是如果点的菜不多其实受到的影响倒是不会很大。

而芳芳酒店最大的特色是那些大厅的女服务员，每个都是从国内应届毕业大学生中精挑细选出来的，外型佳，英语流利，琴棋书画样样精通，再配上一身火红的旗袍，真是“芳芳有佳人，绝世而独立。一顾倾人城，再顾倾人国”。（芳芳酒店推荐菜：西湖牛肉羹）

而位于市中心附近的重庆酒家则是一家比较实惠的餐厅，价廉物美，性价比很高。虽然叫重庆酒家，但它是由来自浙江青田的华人夏建春经营的一家饭店，整个餐厅和重庆这个麻辣的故乡其实没有半毛钱关系。餐厅的厨师也是青田人，里面的菜色都是比较适合我们浙江人吃的。餐厅的设计一半是钢筋水泥结构，而另一半是用木头顶棚搭建的半露天的大亭子，加上边上还有一块绿油油的草地，就餐环境也是相当不错的。吃着美味的中餐，看着亭子外面那片绿油油的草地，带着草香的清风轻轻吹拂在人的脸上，那真的是有一种“暖风熏得游人醉，只把非洲当杭州”的意思哦。（重庆酒家推荐菜：清蒸鲈鱼、夫妻肺片、水煮牛肉、自助火锅）

另外一家就是来自中国的朝鲜族人张浩开的阿里郎的餐馆，这里的装修也是比较现代化的，总的来说就是看起来比较接近中国风格的餐馆，但是光线和绿化是国内餐馆没法比的，他们能把树啊、草啊种到餐馆里面去。这里菜色的大致方向还是倾向于韩国风，烤肉设备一应俱全。餐馆也有做中国菜，而且口味也不错，阿里郎最大的特色就是能够一边吃饭一边唱卡拉OK，这个东西在2007年的坎帕拉还是一件很奢侈的事情。“把酒当歌，人生几何，这次第，怎一个爽字了得。”（阿里郎餐馆推荐菜色：韩式烤肉，冷面，石锅拌饭，葱爆羊肉）

这些中餐馆不仅为我们华人提供了很多家乡的味道，让我们饱了口福，同时也为我们提供了一个亲朋好友、三五知己聚会的场所。正所谓“独在异乡为异客，每逢佳节倍思亲。夜来友朋围桌聚，杯空碟净乐无边”。

远行归来

The return

坎帕拉市中心主干道

一晃来非洲快两年了，大伯的公司里也来了蛮多新人，像我和阿亮这样在这里待了两年的人也成了老员工。那时阿亮给了我一个提议，要不要我们两个人走出去自己闯闯，我没有半秒钟的犹豫就说“好”。然后我们俩向大伯和伯母表明了我们想单干的意愿，他们考虑了一下后认为“天要下雨，娘要嫁人，那就随你们去吧”，于是同意了。但是作为交换条件是：我必须要帮他们再多干几个月，让他们能从国内派新人过来完成新老交替，善始善终。这样的要求对于我来说一点都不过分，我也就爽快地答应了下来。而阿亮把他的工作简单交接之后就先回国了（因为他所在的家具部门不缺人手）。

三个月之后，新来的中国小伙子到位了，我的交接工作也如期完成。现在该开始忙碌我们自己的事业了,在阿亮走之前我和他商量好,在我离开坎帕拉之前要想好后面我们俩到底做什么项目。因为对于坚持滴水之恩涌泉相报的我们来说,是不可以做和大伯相同类型的生意的,这样的背信弃义行为是要被人唾弃的。所以在给我订回程机票的时候我特意向大伯、伯母申请了一天的假期,我用这一天去批发市场里看看可以做什么项目。

现在想想当时的我真是太天真了,这哪是一天就能看得出来的事啊,因为直到现在,我的一些生意场上的朋友如果要去一个新的国家考察,基本都会在那里住上十天半个月,天天去批发市场或者是和当地的华人吃饭、聊天,旁敲侧击了解当地信息。但即使这样,他们中的大多数还是拿不定到底要做什么项目比较好,多半是要从一个项目做进去之后再慢慢调整。而我这种逛一天批发市场就想搞清楚一个国家的商业模式、选择一个比较合适的发展项目的想法简直就是天方夜谭。因为无知,所以无畏嘛。有的时候,在没有方向的情况下头脑简单点会比较好。等逛了一大圈之后,我觉得市场里卖衣服的商店不多,而且每个人都要穿衣服呀,所以就选服装吧。真不知道这样的决定是草率、鲁莽,还是瞎搞。

在定好项目之后我就开开心心地准备回国和家人团聚了。机票是从恩德培出发,到埃塞俄比亚转机,之后到广州白云机场,我计划到了广州白云机场后直接去柜台自己掏钱再买去杭州的飞机票。机票是给我买的三个月来回的，也就是说，我回去非洲的时候不需要再买机票了。

到了出发的那一天下午，是个风和日丽的好天气，我感谢大家对我的照顾，和大家一一道别后，打了一辆出租车去机场，在去机场的路上我整个人一下子轻松了下来。看着外面的景色，一切都是那么的美好，我现在就要回去和我的家人团聚了！也许这个时候无论什么事情在我面前都会变得非常美好，而且我回去的时候是农历腊月二十九。一到家就能和家人一起过年，这种喜悦的心情让我整个人都美滋滋的。

到了机场，我付完钱并且答谢完司机，就拿着我的一件随身行李——一个40寸的拉杆箱去候机室。两年前我来乌干达的时候拿的也是这个皮箱，里面装了药、衣服等乱七八糟的东西，满满当当30多公斤。而现在要回去的时候里面只装了几包乌干达产的咖啡豆，剩下的位置几乎是空的。此时此刻我想起费翔的那首《故乡的云》："那故乡的风和故乡的云，为我抹去创痕，我曾经豪情万丈，归来却空空的行囊……"真的是只有体验过旅行的游子才能演绎出这种感情吧。此时此刻我真正体会到对亲人与故乡的思念之情，一股暖流钻入我心底，渐渐地就觉得眼眶有点温热，不安分的眼泪在眼眶里旋转了一下又被我强行收了回去。托运完行李后我就在候机室等待前往埃塞俄比亚的航班，时间过得很快，我登上了埃塞俄比亚航空公司的飞机。

上了飞机后我发现这个时间去中国的人很少，因为要回去过年的中国人大部分都已经提早几天出发了，而黑人们也不会挑这个时间去中国进货（因为过年商店都关门了，没有货可进），于是我赶上的是一个人能躺在四个并排位子上睡觉的航班，这比头等舱还要舒服很多啊。睡了几觉、吃了几顿后，飞机便到达了位于埃塞俄比亚首都亚的斯亚贝巴机场。听说这里是非洲比较有名的中转机场。我下了飞机去找中国航班的候机室，顺便也在里面的商场逛了下。都说埃塞俄比亚出美女，说得真没错啊，这里的免税店女服务员都长得很漂亮，瘦高个，皮肤黝黑发亮，锥子脸，一嘴小白牙。最难得的是，她们还都长着很好看的长发（一般的非洲女人因为头发太卷，没办法留长所以都是用假发编织接起来的，看起来都很假，不好看），她们还用简单的中文和我打招呼，一看就知道在埃塞俄比亚的中国人也是不少。

逛了一会儿，起飞时间快到了。我又登上了去广州的飞机，还是埃塞俄比亚的航班，不过这架飞机好像比之前从乌干达飞过来的飞机好多了，至少是更新了，座位前面的液晶显示屏也更高级了。飞机上的中国人相对来说也比较多一些，但是总体来说还是比较空，我还能找到横着躺下来睡觉的连在一起的座位。我依然吃了睡、睡了吃，闲了看一部电影，以此来渡过这漫长的飞行时间。很多人都说飞机上的饭不好吃，其实那只是把你喂饱的食物，别管它好吃不好吃，吃完了，再喝一杯红酒把自己给弄睡着了就行了。如果不睡觉，这八九个小时怎么熬过去啊？飞机已经在空中飞了至少8个小时了，机长说我们距离广州白云机场只有30分钟的路程了，一听到这个消息我兴奋得从座位上弹了起来，从座位边窗口往外看，但是外面黑黑的什么都看不到，只能看到房子和桥梁的灯光。现在是晚上吧？

半小时后飞机终于平稳降落在了广州白云机场，飞机在跑道上滑行了一会后就朝着航站楼行驶过去了。我看了看窗外，空中飘散着零星的雪花。那年是2008年，在从乌干达出发之前我是从国内新闻里面得知，国内好几个南方城市在闹雪灾，但是没想到连广州也在下雪，因为广州年平均气温是22℃，几乎不下雪（这个也是后来才知道的）。

我下了飞机后便去取行李，然后冲出国际到达大厅去找柜台买回杭州的国内航班机票。一路上感觉机场的人很多、很繁忙，运气不错，南航的柜台就在国际到达出口的正对面，我上去询问去杭州的最近航班，柜台职员查了下之后告诉我，晚上9点半（也就是两个半小时之后）有一班去杭州的机票，1200元人民币，我立马掏钱买下。买完之后我又拎着行李健步如飞，进入了国内航班入口，又来了一遍托运安检，等等。直到赶到了去杭州的登机口，在登机口的显示屏确认了是我去杭州的飞机航班号时，我才找了长座椅安心坐下来。这样的赶场看似很累，但是那时的我根本不觉得累，反而是异常地兴奋和开心。我目不转睛地看着登机口附近来来回回走动的中国人，观察着他们脸上的表情，张开耳朵听着他们交谈的内容。不过他们所谈的好像都是飞机误点、航班取消或者是天气不好之类的话题，口气中带着的都是抱怨的声音。从他们的口中我也了解到，原来是国内赶上了十年一遇的雪灾天气，很多高速封道，铁路封路。而此时此刻也有很多旅客因为大雪的原因滞留在了机场。有的是当天早上 8 点多就该出发的旅客，更有甚者是前一天就应该出发的旅客。大部分人脸上浮现出来的都是焦躁的情绪。

"哎哟，总算来的。"突然从我身后传来了一句杭州话，身临其境听到这么铿锵有力、抑扬顿挫的杭州腔，我一下子振奋起来。猛回头一看，一位有些秃头、戴着金丝眼镜的大叔带头，拎着一个小皮箱，昂首阔步向我这个登机口走来，后面还有其他的大妈、大姐、小伙子、小姑娘，他们大多是操着杭州口音的杭州人。"从早该头（大清早）等到个毛（现在），总算是好上飞机的。"大叔激动地说。"是啊，飞机再不来，我们要来动个里故年的类（在这里过年了）。"一边的大妈搭腔道。你一言我一语，刚刚冷清的登机口一下子热闹了起来。我从他们的对话中了解到，原来他们一行都是去杭州的旅客，都是当天早上 9 点半就该起飞前往杭州的，但是不知是由于天气原因还是机场跑道积雪，所以一直等到中午,但是中午过后机场方面也没有给出具体的起飞时间,所以就用机场大巴把这群旅客拉到了机场附近的宾馆去休息了。直到刚刚他们才被通知新安排的飞机可以起飞了,被大巴拉了回来。此时此刻他们口中的乡音,那地道的杭州话就仿佛化作了乐谱上的一首优美动人的歌曲,醉人的旋律从我的耳边暖暖地流入了我的心田。他们在聊的内容已经不那么重要了,而他们高调门的杭州乡音才是我最想听的,让我听得是那么入迷、那么陶醉。

直到登机口要开始检票了,大家呼啦一下都站起来排队。太多的等待,太多的期盼,这些都没有浇灭人们想早一点回到家的念头(虽然早上飞机和晚上飞机是同一时间到达目的地的)。上了飞机之后,我径直来到了我的位子,竟然是最后一排的最边上一个座位,天呐,差点我就会变成买不到回杭州机票的苦命孩子了。万幸,万幸,来得早不如来得巧,老天还是很眷顾我的,没有让我一个人逗留在广州过除夕。已经有两个年头没有在杭州过年了,此时此刻只有一个念头,就是赶快回家!

从乌干达到广州经过了大约 16 个小时长途飞行的我丝毫没有觉得疲惫,而接下来从广州到杭州 2 个小时的飞行距离对我来说也就好像是主菜后的一道甜点而已,根本不在话下。这一段距离的确很短,在享受完一顿飞机提供的晚餐后我们就到达了杭州萧山机场。飞机一落地,刚刚平稳但是还在慢速滑行的时候，我就听到解安全带的声音。看来各位也是已经按捺不住内心焦急的心情，开始从行李舱内取出自己的行李，站起来等待开门了。

我也拿下自己的背包跟在队伍的最后面走了出来，我们是在离航站楼一定距离的地方下了飞机的，那时夜晚的天空还飘着零星小雨，一出机舱就是一阵久违了的寒意，冬天原来是这么的美好啊。一行人坐上了机场的地勤巴士，出发到了航站楼，再下楼去“旋转寿司”那里拿行李。我在去拿行李的路上朝到达出口看了下，透过玻璃看着远处，我突然发现来接机的爸爸妈妈在等候的人群里挥手，我朝他们做了等一下要去拿行李的手势，这一刻是我真正地定下心来。当我取回行李来到他们面前的时候，爸爸上前一步接过了我手中的拉杆箱，而妈妈上来给了我一个大大的拥抱。

就在这一刻，所有的这一切，这一阶段的旅行，算是画上了一个圆满的句号。妈妈抬头看了看我，眼眶里含着泪水。有些激动的语气问我：“怎么瘦了？”其实我已经好久没有注意自己的仪表了（我出发去乌干达之前是75公斤重，回来的时候则是63公斤），只是简单地回了句：“哦，是吗？”爸爸这时插了一句：“回来了就好，先上车吧，回去再说。”

我们到了停车场，坐上了老妈的丰田威驰，一家人有说有笑的，起程回家。一路上他们一直问我在那里过得怎样，有没有吃苦？而我一直给他们讲述我在非洲的一些美好经历，讲述我在非洲工作、生活和学习的心得。从萧山机场到我们位于孩儿巷的家只有一个小时左右的车程，因为明天就是除夕了，而且又是半夜12点左右，还下着雨，路上几乎没什么人和车。

马路四周安安静静的，我们一家三口在车里欢声笑语。久别的重逢，的确让人记忆深刻，感动至极。

中国进货

Do purchasing in China

回国进货期间，在上海东方明珠塔下的博物馆中与卖布匹的蜡像商人合影

过完年，我联系了阿亮，让他和我一起去义乌和慈溪考察一下，准备实施我们的服装出口大计。资金一人一半，都是向家里借的。去慈溪的厂家和义乌的档口进货，什么样的衣服、什么样的料子，凭的都是感觉，但是在价格方面还是认真地货比三家，同样的产品我们都试图找到最低价。还记得我们在验收货物的时候，有个老板娘说：你们俩挑货这么仔细，以后一定会发财的。呵呵，尽管是半开玩笑的一句话，但是那时候听了还是很舒服的，因为谁都希望有个好的开始，虽然我们进货的时候根本不知道到底好不好卖，而且单纯地认为就这样把货运去非洲卖就一定能成功。

到后来的很长一段时间里，我其实对外贸的概念也只停留在把中国的货物找个义乌的外贸代理发到乌干达，然后再找个乌干达的清关商把集装箱提出来，运到店里卖就可以了。什么出口报关单、提关单、发票、装箱单、保险及在非洲当地的提关手续到底是怎么回事我们根本没有概念，只是单纯地认为只要有人帮我们搞定这些就可以了。在义乌的外贸代理公司是朋友的伯母一直在用的公司，他们知道我们是刚刚出来闯的毛头小伙，暂时不会有什么前途，就派了个和我们差不多年纪的小年轻来接待我们，因为我们什么都不懂，所以当他问我们有什么问题的时候，我们根本不知道该问什么。而他也没有和我们交代细节，也没有给我们什么意见或者建议之类的，因为生意场上多一事不如少一事，客户不提你就不做，这也是个很简单的游戏规则，因为你说得越多可能会给你带来的额外工作就越多，或者是提高额外的成本，所以多一事不如少一事(不过这可不是一个好的示范)。

初次创业，就像在黑夜中行走的人，没有方向，没有帮助，你只能凭着感觉走，有很多时候你走的都是错误的方向，而这种错误都要靠你自己来发现。大多数情况下你其实并不知道这样做到底对不对，但是你还是要蒙头向前冲，碰得头破血流也是相当平常的事。如果有贵人扶你一把，帮你指条明路，那真的是可以节省不少力气，也少走不少弯路，但是事事不可强求，老天注定要你自己努力，那也是别无他法。

装柜那天，我们让外贸代理调来了一只小集装箱。集装箱有好几种，但是最常见的是20尺（容积：28m^3）、40尺（容积：68m^3）和40尺加高柜（容积：不详）。我们把进的所有货物都装了进去，连折叠床、折叠桌椅、方便面、枕头、被子等家用物品也一股脑儿装了进去。我们对货物体积并没有算准确。事实上，一般装集装箱之前要估算下已进货的体积，其中每一箱货物（含包装在内）的长宽高和重量就是一个基数，通过累加这些基数你便得到了总货物的体积与重量，而这些数据决定了选择什么尺寸的集装箱；选好了集装箱后按照它的容积，你还需要准备多少货物才能把它填满（不管装多装少，每个集装箱的海运费都是相同的，所以一般情况下都是装得越实越好）。所有的货物加上运费我们一共投资了20多万元人民币，一人一半。那天把货装完后我们就各自回到自己的家（他去上海，我回杭州）准备起程，订了出发时间相同的机票，飞机从广州白云机场路过泰国曼谷（人不下飞机的那种），再到埃塞俄比亚的亚的斯亚贝巴转机，最后到达乌干达的恩德培机场。

再次起程

Go back to kampala

“上有天堂，下有苏杭”，杭州美景举世无双，告别家乡的美景再次起程

还记得出发的那天，我和阿亮是相约坐火车去广州的，选的是一列从上海始发路过杭州然后到广州的火车，当天下午 4 点左右我们如约在火车上碰面了。那趟车还是绿皮车，我们买的是卧铺车厢的两个相邻的上铺。

我和他随身的行李就一人一个行李箱，记得那时候去非洲的行李箱基本都是一件，但是可以装 40 公斤。这个重量的单件行李在国际航班里也算是比较牛了，因为一般航空公司对托运行李的尺寸和重量都有一定的要求，除了超大超长的行李要另算外，单件托运行李的重量也有要求。比如像荷兰航空 KLM Royal Dutch Airlines、法国航空 Air France、美国航空 American Airline。这些主流的欧美航空公司基本要求单件托运行李的重量必须是在 23 公斤以内，这样是为了让机场的地勤工作人员在装卸行李的时候不至于把他们的老腰给闪了，充分体现出他们的人性化。而非洲航空公司才不管这些呢，哥们儿我们有的是力气，40 公斤一件的行李搬起来还不是跟玩儿似的，也许他们是这么想的吧。

火车一共行驶了 17 个小时，这也是我为数不多的坐长途火车经历，我们在车上睡了几觉，吃了几顿方便面。从白天到晚上，然后又到白天，到了火车站之后，我们去隔壁的民航大厦乘坐民航机场大巴，耗时 50 分钟，从广州市区到了白云机场。到了白云机场的时候是晚上 7 点钟的样子。终于可以找个地方踏踏实实吃一顿饭了，但是我们发现机场里面餐厅的饮食都很贵，而且贵得离谱。真是舍不得吃啊。

我们在航站楼里转来转去，想要找一家便宜点的餐厅，最后终于在航站楼的尽头发现麦当劳，这里的价格和机场外的价格相差无几。真是业界良心啊，不乘人之危。在这一刻我对这家快餐连锁巨头的敬仰之情犹如滔滔江水延绵不绝，又如同黄河泛滥，一发而不可收拾。不愧是世界五百强的企业啊，这么体恤民情。就这样，我们热泪盈眶地吃着“美帝资本主义”的炸鸡和薯条，幸福得边笑边打着饱嗝。

我们的航班起飞时间是晚上 11 点（一般长距离的国际航班都是在半夜或凌晨起飞的，其一是这个时间点起飞的飞机比较少，其二则是飞那么远旅客用睡觉来打发时间是最理想的),我们不得不在机场耗费掉所有多余的时间。这段总共耗时20小时左右的国内辗转已经消耗了我们不少体力,后面从广州出发途经埃塞俄比亚,最终到达乌干达的飞机旅程也同样是接近20小时。我一直认为我应该是我所有朋友中坐飞机时间最长的人了,在坐了17个小时的火车后,又继续坐15个小时以上的飞机,这样的人又有多少呢?光是听听就害怕了,因为在机舱中前后排的座位是很近的(经济舱),腿没有办法伸直,是非常难受的,而且机场过道上也没有那么大场地让你去打一套太极,或者是跳一段广场舞来放松关节。

但是我倒是有些小办法可以帮助你度过这段长途飞行,选择座位是有诀窍的,当然也是在经济舱这个前提下的座位。如果你是青壮年而且会说英语的话,那么在前台托运行李的时候就可以提出要求坐紧急出口的位子,因为这个位子前面是空的,你可以把脚伸出去,想伸多远伸多远。

第二是选择靠走道的位子,因为如果你的座位是靠走道的话,你至少有机会让你的其中一只脚伸出去舒服一点;而且你的半边是没有人的,这可以让你享受比别人更多一些的私人空间;还有一点就是,你可以想什么时候起身就什么时候起身,比方说出去上厕所,拿杯饮料,走两步活活血。坐在里面的那两位如果要出来可不是那么方便的,要做高难度的弯腰过扶手动作才能出来。所以一般如果可能的话他们宁愿不出去，因为太费事了。每次他们出去都要向你请示一下，因为你得起来让他们。这样多么体面啊，上厕所的主动权牢牢掌握在自己手中。

很多人坐飞机喜欢坐在靠窗的位子，就好像坐车的时候喜欢靠窗一样，那样不容易晕车。而坐靠窗的位子对防止晕机一点帮助都没有，有时候飞机一上一下你往外面看其实更想吐，因为外面并不是平地。再一点就是靠窗的位子由于边上的机身设计是圆弧形的，你一侧的空间被压缩了。最后也是最关键的一点，如果是长途飞行的话，靠窗的那个座位是最冷的，因为飞机飞行的时候达到的那个海拔高度是十分高的，多多少少总是有冷风从窗户玻璃那里漏进来，如果你不是很耐寒或者没有毛毯之类的东西的话，在那里睡觉准能把你冻出鼻涕来。还有则是夹在中间的那个位子了，这个不用说，如果你是看过美剧《越狱2》的朋友的话，有个场景是狱警巴拉克被两个巴拿马胖子夹在中间动弹不得就是最糟糕的状况了。这个就是“左右为难”了吧。其他有些座位也不是非常推荐的，一种是在最靠前有隔板的位置，因为这块隔板上有两个神秘的小洞洞，而这两个小洞洞是为放置婴儿床的。这下明白了吧，有带孩子的旅客一般会被安排到这个位置，因为这个位置可以摆放婴儿床，同样脚下的位置也很适合小孩平躺睡觉，更安全，家长们也有更多的空间来摆放他们随身携带的婴儿用品包。婴儿或者小孩在飞机上的表现可不是我们能够控制的，哭闹、尖叫都是免不了的，这块区域可以说一般是不能让人很好休息的区域。所以你如果是个很喜欢安静的人，那请你远离这片“雷区”。不过大多数的时候托运行李的前台那里会提前把这样的位置安排给那些有带小孩的家长旅客。还有其他几个不佳的位置则是最后一排靠墙的座位，因为有面墙挡着座位没办法完全往后面靠下去。还有厕所旁边的座位，因为厕所门开启的那一刻，里面的味道就会被带出来，而且那里也是大家经常光顾的地方，相对会比较拥堵繁忙一点，不过人都有三急嘛。另外是飞机发动机旁边的座位，也就是机翼那个位置的座位会因为发动机的运作而隆隆作响，除了给你的耳膜带来额外的冲击之外，那种共振产生的动能也能让你感到浑身酥麻麻的。其他则是飞机尾部的座位，这个区域完全可以用危险来形容，我很少坐在那里。记得有一次因为前面的厕所都满员，我来到了机尾的厕所，在厕所里面的时候那个晃啊，就跟摇煤球似的，差点把我给晃倒了。飞机的尾部一般是飞行时吃风最厉害的地方，所以经常有非常剧烈的晃动，而那种晃动在飞机上可是让人感觉非常不安的。所以后来我基本不去坐机尾的位置。

我们从广州起飞到乌干达的一路上都十分顺利，但是再次踏上乌干达时的感觉完全不同了，因为这次我们是为了自己而奋斗。等待我们的又会是怎样的困难呢？

等待到货的日子

Waiting for arrival of the goods

位于坎帕拉市中心的农贸市场

出了机场，我们打了辆的士直奔我们的新去处——在坎帕拉市中心的华商老高家。老高是在乌干达做外贸生意的杭州人，也是我的老乡，50多岁，以前在杭州是位音乐教师，精通手风琴、钢琴等很多乐器，在改革开放的时候下海经商。在杭州开过饭店，后来转战乌克兰做起了鞋的外贸生意。在我来到乌干达后的一年，他又来到了乌干达经商。他是伯母的朋友，后来我和他也认识了，一见如故，正所谓“老乡见老乡，两眼泪汪汪”，很快我们就熟悉了。我在走之前和他打了声招呼，希望我们回来的时候他能帮我们在他住的附近租一个房子。

我们回来的时候也就先去他家住了几天，睡的是他们家的客厅，而他帮我们找好的房子是在他所租的房子的楼顶，我们约了房东上楼去看房，当我们看到房间后很是惊讶。这完全用简易材料搭建起来的房间，就是类似于要建一个大的工程前施工人员需要住的那种简易工棚。用的材料都是那些很轻薄的三合板之类的东西，窗户是用很细的铁丝网编起来的，没有玻璃。如果是在中国，这些加盖的房子应该叫违章建筑吧。因为这幢楼已经修了六层了，由于没有地基，这应该是极限了，再往上加盖水泥墙的房子明显是不可能的。但是聪明的房东想到了用轻薄材料再加盖一层的绝妙点子，反正不是他自己住，能多造出来一个房间然后再租给要住的人、收到钱才是最重要的。

后来的事实证明，上面的房子真的还是供不应求，从来没有被空下来过。一是乌干达市中心安全的居民楼并不多，二是离市场比较近，三是这个楼里住的很多都是中国人、印度人，相对来说比较安全。房东是拥有英国国籍的印度人，一个老头，是个穆斯林；在一楼有自己销售进口玻璃的店铺。他家住在这栋楼的二楼。在他家谈妥基本的条件后，我们就交了三个月的房租，每月 300 美金。随后我们去集市上买了两张实木做的床和两个非洲床垫（用海绵做的床垫），还有些锅碗瓢盆便搬进去了。

搬进这个楼顶的简易工棚，一开始还真的不适应，因为没有玻璃窗，到了晚上，楼下的大巴车站会很吵。并且窗户因为没有遮挡，一天下来会有很多尘土飘进来。地板是那种很粗糙的水泥地（也就是房顶的地面),拖地会很麻烦,而且拖把上的布会很快被磨坏掉。而房子的安全性那也就更差了,虽然有一扇铁门,但在整个设计中,这根本就是个摆设,因为那脆弱的三合板结构的墙壁根本不堪一击,如果上来个贼什么的,破门而入显然会显得很麻烦,最简单的方法还是直接破墙而入,避实击虚,有的放矢。所以我们基本上把身上所有的现金都交给了老高保管,因为他们家的房间是有水泥、有玻璃窗的结构,比我们的房间稍微安全一点。但是令人大跌眼镜的是,有天他们家反倒被盗了,而由于他把我们的钱用胶带贴在了桌子背面而逃过了一劫。所以有时候真是人算不如天算,老高在这一劫中损失惨重,准备提交关税的现金被一扫而空。我们两个深表同情,但是也无能为力。

由于货物还在路上,我们每天基本没有什么事情可做,最重要的工作便是对付两个人的一日三餐。早饭比较好解决,几块面包就搞定了。到了中午和晚上,则需要我去附近的菜场买些菜、米、鸡蛋等。我们两个人其实都不会做菜,但是我稍微好些,至少能把菜做熟(菜的味道非常一般)。所以我们俩一开始就有了明确的分工:我管买菜烧菜,而亮仔只管洗碗。我能炒个蔬菜什么的,但是做肉之类的荤菜连我自己都觉得难吃,所以一般我就不去买肉类的东西,而是耍个小聪明,买鸡蛋来烧。因为鸡蛋是比较好烹饪的东西,什么番茄炒蛋、雪菜炒蛋、黄瓜炒蛋、荷包蛋、蒸蛋,我已经把鸡蛋这个食材的作用发挥到了极致,凌驾于所有的肉类之上，并且把鸡蛋封为我们度过这些艰苦岁月的伟大荤菜。这导致了我后来对于鸡蛋类菜的厌恶，把一样食材吃到不想看到为止也是一种精神吧。

周一到周六，待在家里或者去老高的店里闲聊；到了星期天则去老高家蹭饭，去他家狠狠地吃上一顿。老高是一位拥有高超厨艺的好手，再加上有开过餐馆的背景，烧出来的菜自然也是色香味俱全。红烧肉、葱油煎鱼、卤牛肉都是他的拿手菜。我们都很盼望赶快到周日，因为这样就又能吃上肉了。能在国外吃到中国大厨的手艺，尤其是在乌干达这样的地方，真的是件可遇而不可求的事情。

那个时候我们隔壁也搬来新的邻居，是新过来的中国人。老板是义乌人，叫老陈，带了个五六个人的团队，是打算来乌干达开超市的，听说来头挺大的。因为我和亮仔都比较熟悉坎帕拉当地的情况，英语也都很流利，所以刚开始的时候，也常常帮助他们解决一些生活上的问题，我们的关系比较融洽。我们帮他们做得最多的事情就是翻译，偶尔我们也去他们新开的超市帮帮忙。而我们有机会也会去他们家蹭饭，因为他们家有一位来自江西九江的郑飞大哥，厨艺精湛，听说以前在部队是管炊事班的。我发现，在国外如果有门烧菜的好手艺，到哪里你都是非常受欢迎的，毫不夸张地讲，“会烧中国菜，走遍天下都不怕”。我也十分敬重那些烧得一手好菜的人，因为他们的好手艺，给我们这些吃货的胃带来了一次又一次的惊喜和满足，他们才是这个世界上最无私、最可爱的人。

时间就这样慢慢地过去了。但是漫长的等待也引起了一些不安定因素，我和亮仔开始有了一些小摩擦，无论是在生活上还是在店面选址上，因为是合作，所以这样的情况真的是难以避免，我们也不懂得如何去处理。不知怎的，越等越觉得项目不行，对自己也开始越来越没有信心。这时候我的一个黑人朋友安卓（Andrew）——我以前在奇库布（Qikubu）店里的客户——从卢旺达回来，问我有没有兴趣和他去卢旺达看看，他现在在卢旺达做内衣生意。我想了下，如果是在这个时间段出去走走、放松下心情，也是件好事情，于是我就去卢旺达驻乌干达大使馆办理了签证。

在和阿亮打了个招呼说我要去趟卢旺达之后，第二天早上我便动身和 Andrew 出发了。

卢旺达之旅

Travel to Ruwanda

卢旺达大屠杀纪念馆内展示的图片

在乌干达的这两年没有白待，平时的英语练习使我的口语基本功非常扎实，那些看来很危险的经历也练就了我处乱不惊的过硬心理素质，都是吃过、见过的，没什么好怕的。

我和 Andrew 在一个去往卢旺达的大巴车站见面，车站叫哈瓦那(Havana)，很有拉丁风味的名字。车票是 50000 先令一张，听起来数目很大，其实也就是 200 元人民币的样子(1000 乌干达先令等于人民币 4 元钱)。这么大面额的钞票，除了在使用的时候要注意后面零的个数，其他一无是处。你要是想在这里当个百万富翁那倒是蛮容易的。这里钱拿出来动不动就是以 Million(百万)为单位。

车每天有两班，早上 9 点发第一班车，我和 Andrew 坐的就是第一班车。车子很旧,不知道是转了多少手的老旧公交车,应该是在哪个国家报废了之后直接运到这里来的,什么牌子已经忘记了,不过车子还是统一喷漆和设计,标明了这个车是 Havana 公司旗下的大巴车。共 50 多个座位吧,几乎坐满。而其中不是黑皮肤的乘客就只有我一个,很多黑人上来后还特意多瞧了我一眼,我想肯定是平时中国人或者其他外国人很少使用这样的交通工具吧,独自一个人的情况下应该更少了吧。但是我信任我的这位黑人朋友,因为每次他买货我们交谈时我总能感觉出这个人还是比较优雅的,并不像那些来买东西的黑人小贩一样胡搅蛮缠,无理取闹。并且他是一个虔诚的基督徒,随身都带有一本小书,我猜应该是《圣经》。一般来说,非常虔诚的教徒,不管是基督徒还是穆斯林,他们的为人一般都还是可以的,因为人在做天在看。如果自己作奸犯科,那必定会遭到他们所信仰的神的惩罚,所以那些极度虔诚的人是可以帮到你的。但是千万不要上了那些挂羊头卖狗肉的假信徒的当,他们可没有那么正人君子。

车走的是非常普通的环山公路,同样也是只有去和来两道,路面虽然不是破旧不堪,但是也平整不到哪里去。随着车子慢慢开出市区,道路两旁的房子也越来越少了,取而代之的便是那些参天的大树和一望无际的绿草。大巴全程行驶 8 个小时,途中会停留几次,一次是在加油站,一次是在休息站。

在休息站，有很多卖露天烧烤的黑人，他们每个人身上都穿有一件蓝色背心，而且背心的后面印有数字，估计是不同摊位的编号吧。他们会拿出很多自己摊位里的食物出售，比如烤香蕉、烤牛肉、烤玉米，还有卖汽水的。只要有大巴路过靠近时，他们就会蜂拥到大巴窗口开始销售他们的产品。我也买了一些：两根烤香蕉，两个烤牛肉串，分了一根烤香蕉给 Andrew。因为那时的确是有些饿了，抱着牛肉串就开始啃，牛肉有些干硬，但是味道还是比较好的。乌干达的牛肉还是比较好吃的，虽然我不会做，但是吃起来特别有牛肉的味道，很香，而在中国我在吃牛肉的时候不知道为什么就是吃不出任何牛肉的味道。乌干达的牛长得也特别有特色，那对接近一米长的牛角可真的是太威武了，从来没见过牛角还能这样长到天上去。

接下来吃的是烤香蕉，大家以为是普通的 Banana 吧，其实不是那个品种。因为当我咬了一口那个烤香蕉的时候香蕉可不是甜的，而是酸的，我转头问 Andrew 这香蕉怎么是这个口味的，他说在乌干达至少有五个以上的香蕉品种，有些是剥了皮直接吃的，而有一些香蕉则是要经过烹饪加工后才好吃的。作为水果类的香蕉是黄皮白心的，从外形上看，分为三种：一种是特别小的小香蕉，好像在国内叫芝麻蕉；另一种则是我们普通吃的那种大小的香蕉；还有就是那种特别大个的，我们国内叫象牙香蕉。以上三种是剥皮就吃的当作水果的香蕉。另外需要加工的则是名声响亮的饭蕉马托基(Matokee),这种香蕉是绿皮白心的。乌干达黑人,在菜场把这种香蕉当粮食卖。他们把一大串青皮香蕉买回家后去皮,然后把中间的部分拿来捣成泥巴状态清蒸,就好像是做土豆泥一样,而蒸熟了的 Matokee 吃起来味道更接近地瓜,只是它的味道很淡,如果不加点盐好像就真的吃不出什么味道来,虽然能填饱肚子但是没有办法刺激味蕾。还有一种是专门拿来酿酒的香蕉。香蕉还能拿来酿酒这个说出来都能笑死人,但事实是香蕉就是能酿酒的,而且用香蕉酿出来的酒度数都蛮高的,不知道是黑人独特的酿酒工艺还是香蕉本身比较给力,它们竟然能酿制成一种叫瓦拉吉(Walaj)的酒精度为 50 度的白酒和一种叫尼罗河(Nile)的酒精度为 17 度的啤酒。我想各位一定都没有尝试过喝 17 度的啤酒,因为国内的啤酒一般只有 5—7 度,而各类葡萄酒的酒精度数只有 17 度左右,我自认为酒量还可以,但是有次喝了一瓶 750ml 的 Nile 啤酒后就开始晕乎乎了。从此之后,去餐馆我就再也不点这个牌子的啤酒了。最后还有一种香蕉便是我现在在吃的这种专门用来烤着吃的,黄皮粉红心,长得非常有特色,烤熟之后吃起来酸甜可口,又解饿,真不愧是众多香蕉兄弟中的战斗机。

大巴一路颠簸了快 5 个小时之后我们终于来到了乌干达和卢旺达的边界,所有的人要下车。因为汽车要接受单独检查,我们也需要从乌干达边界盖戳后才能进入卢旺达的地界。不过在那之前，Andrew还是先带我去乌干达边界区的餐馆吃个饭，这个餐馆也就是一个简陋的毛坯小平房。餐馆内摆了几张简单的实木桌子和一些当地生产的一次成型塑料座椅，大概能容纳十个人。Andrew为我点了一份炖鸡饭，是一个炖好的鸡腿、白米饭和一些大个的棕色的豆子。豆子软软的，口感很好，是乌干达特有的拿来当主食的一种豆子，这类豆子有很多，有赤色的，也有黄色的，而且个头都蛮大的，足足有一节手指那么大个。餐馆用的鸡应该不是养鸡场里的那种，我想养鸡场一般不会派车送货到那么偏远的地方吧，尝一口鸡腿肉，鲜美嫩滑，原汁原味。而米饭太硬了，使用的是两头尖的米(适合拿来做炒饭的那个品种，国外的中国餐馆在炒饭时大多用这样的尖米，因为吸水性好，怎么炒都不粘锅，完全就好像是为了炒饭而存在的一种大米)。

在享用完了这顿美餐后，我和Andrew前往乌干达边界窗口盖离境戳，然后又随着人流前往卢旺达边界站准备入关手续，乌干达和卢旺达边境不是直接相连的，中间有一块缓冲地带，也可以说是中立地段吧，大概有500米的间距。我们一群人就沿着道路步行过去，我看到在人群中，有一些背包客打扮的白人旅行者，他们都背着巨大的旅行包，一共四个人，都是年轻的小伙子，估计是在校大学生吧。两边分别停放着很多货车和大巴，估计都是要准备接受卢旺达海关检查的。我们来到一个比较正规些的小平房，这里就是卢旺达海关。我们在那里排队填表格、盖戳。几个海关人员长得和乌干达黑人完全不一样，脸瘦瘦的，人很高，基本都在180厘米以上，四肢修长。一方水土养一方人吧，黑人还是有很多不同种族的。办完手续后我们继续向前走，然后看见了停在前面等我们这些乘客的Havana的大巴车，终于可以再一次上车了，我们上了车回到之前所在的座位，而黑人司机在确认完人数之后就出发了。

现在车行驶的便是卢旺达境内了。车开始沿着马路的右侧行驶(卢旺达曾是法国殖民地，所以是靠马路右侧行驶，也就是与中国一样的行驶方向)。一路上的景色和在乌干达看到的景色并没有很大的区别，而且我们只花了不到2个小时就到了首都基加利(Kigali)。特此说明一下，卢旺达是一个很小的国家，很多时候我们在世界地图上根本找不到它，甚至有很多的世界地图版面上把它和它临近的布隆迪(一个非洲国家)用阿拉伯数字来标明，然后在地图的其他空白处写上这些数字相对应的国家名称，比如6—卢旺达，7—布隆迪这样的标注。其原因是，如果用中文汉字来标注这个国家的话写不下“卢旺达”这三个字。说起来真是十分尴尬。

我在Andrew推荐的一个酒店里入住了，酒店很有非洲特色，在当地也算是中等酒店吧，每晚的价格约为60美金(420元人民币左右)。

第二天一早，我便和 Andrew 一起出发去市中心，也就是相当于乌干达 Qikubu 那样的商业中心，但是相比之下，这个中心太小了，整条街大概只有 500 米长的样子。街道的两边是一些一层楼的平房店面，而且商店的货物品种也不是那么齐全。Andrew 的小店也差不多，在一幢平房的里面，不是沿着大街的那种，要往深处走，而且他是和好几个人合租的店面(这种合租经营的方式在国外是非常流行的，因为可以减轻租金的压力)，不过他们经营的项目都是以内衣为主，看看 Andrew 的店面里，挂的都是从我以前工作的 Qikubu 内衣店里进来的货物，听他说这些货物在卢旺达的销路还是不错的。

之后他带我在整个市场走马观花似的溜了一圈。给我的唯一感觉是这个地方真是太小了。不过，能够把压力和烦心的事情抛在脑后，看些新鲜的人或物对我来说也是件相当不错的事情。在之后的几天时间里，我便把在卢旺达逗留的时间变成了旅游时光。我和 Andrew 打了个招呼说，后面几天我自己去找地方玩一下，有需要他帮忙时会给他打电话的(我使用的乌干达号码 MTN，在卢旺达同样能够使用)。

说到卢旺达，其实不得不提《卢旺达饭店》这部电影，电影讲述的是 1998 年在卢旺达爆发的一场当地胡图族屠杀图西族的浩劫，而男主人公，一个卢旺达饭店(虚构出来的饭店名)的经理用自己的饭店帮助和拯救了很多图西族卢旺达人和外国人的故事。这个故事是真实的，只是卢旺达饭店并不存在，因为当我问当地人卢旺达饭店在哪里时，他们回答我的是没有这个饭店，我向好几个人询问，他们给我的答案都是一样的。

最后我找到了卢旺达大屠杀纪念馆，是一个当地骑摩托车的司机带我去的（在非洲我们大多会使用摩托车作为出租车）。纪念馆建在一处山头的平地上，不大，但是感觉十分庄严，免费对外开放。走进纪念馆，里面其实并没有很多人，大多数还是白人面孔的外国游客。纪念馆里附有图片介绍了大屠杀的整个过程，其中大部分的图片都是一张张血淋淋的受害者照片，还有一堆堆的白骨，令人毛骨悚然。有很多参观者在看完这些图片后都流下了伤心的泪水，的确这样反人类的罪行放在任何国家都是种悲剧。纪念馆的后院是死者的墓穴，这片土地下面埋着很多因大屠杀而死去的图西族人，墓碑上摆放着鲜花。阳光照在纪念馆上，有着别种味道的温暖祥和。但是此时此刻，沉默和哀悼是我唯一可以做的。

这场由胡图族人针对图西族人的大屠杀暴露出人性的丑陋与凶残，不管是男人、女人，还是小孩，只要你是图西族的人，便会被拖出去杀害。不光光是胡图族的军队上街拘捕杀害图西族的人，就连普通的胡图族老百姓也加入了这场屠杀中。他们手持砍刀，挨家挨户地寻找图西族人，就连做了几十年的邻居也一朝反目，对自己的图西族邻居拿起了砍刀大开杀戒。这场屠杀整整持续了90天。虽然最后在联合国维和部队的干预下，卢旺达大屠杀被制止。但是遭到屠杀的图西族人达到十几万人。大屠杀持续了如此之长时间的原因是，国际社会对卢旺达这个非洲的小国家并没有太多的关注。即便是大屠杀爆发的时候，也并没有引起外界的特别重视。因为对于其他大国来说，一个小小的卢旺达的确是微不足道的，没有资源，没有国际地位。即使是在非洲大陆内，卢旺达这样的小国家也几乎没有什么说话的资格，它是一个一直排在世界最穷困国家名单里的国家。谁会去管它的生死，谁又会去管这些国家的人们正在遭受什么样的磨难？联合国每年会投入很多经费去帮助那些非洲贫困国家，但是在这次的屠杀事件中却毫无作为，让我感受到其实世界就是这么现实，落后就要挨打。最悲惨的是你落后得别人连看都不想看你一眼，完全是被当作空气而被扔在一个角落里。

非洲很多国家变成今天这个样子，其实正是某几个欧洲列强造成的。不知道读者们有没有注意到，非洲大陆很多国家的边境线都是直线，这并不是非洲国家自己设定的，因为根本没有这样的巧合。可以对比一下其他洲国与国之间的边境线，由于历史或者自然的原因，一般国家与国家之间的边境线都是曲折不规则的。为什么非洲大陆的国家好像是被谁用刀子笔直切开的蛋糕一样呢？其实非洲国家就是这个所谓的“蛋糕”。第二次世界大战快要结束的时候，战胜国的英国、法国、葡萄牙、西班牙等国家直接把非洲国家按照自己的利益需要给瓜分了，那些非洲国家的资源也同样被这些国家给掠夺了，黄金、钻石等矿产被整船整船运回欧洲。欧洲的富有，有很大一部分是来自对其他国家的掠夺(同样包括对我们中国的掠夺)，欧洲大部分国家的高福利也是基于这些大量外来财富支撑的。另一方面，欧洲列强们的富有导致了非洲国家的贫穷，因为很多那些资源都被这些国家用各种各样的方式给掠夺了，最好的一个例子就是，很多西方国家曾经以维和的名义派兵进驻现在的刚果(金)，其实只是个幌子。他们真正的目的是掠夺当地的矿产资源，比如，刚果(金)有非常丰富的矿产资源，导致刚果(金)直到现在还是一个连年战火的国家。所以现在西方国家对非洲的援助在很大程度上是对自己以前那些巧取豪夺罪恶行为的一种补偿，他们的所作所为并不光彩，一直怀着愧疚的心。而卢旺达这个国家没有石油，没有矿产，也没有其他资源，所以便被国际社会所遗忘，这是什么样的悲哀？只有当地的卢旺达人才知道吧。在交谈的言语间，当地人非常不愿意谈起大屠杀的这段历史，我有时问他们你是胡图族的还是图西族的啊，他们眼神闪烁和保持沉默，让我感到这段大屠杀的黑暗历史已经如同一个潘多拉之盒深深地埋藏在他们每个人的心里，没有人想去再一次打开这个盒子。

但是他们并没有活在以往的恐惧中，而是用自己的双手去创造美好的生活，城市中很多新的高楼正在建造，城市管理也井井有条，马路也非常干净，看得出来，当政者对国家的管理还是非常到位的，相比较乌干达来说，更胜一筹。

在随后的几天里，我也独自去了一些不同的地方，拍了些照片，体验了一下卢旺达当地人的工作生活。Andrew 有时也和我一起去吃午饭，一起喝咖啡，一起愉快地聊天。

这次的卢旺达之行让我不但放松了紧张的心情，并且又一次提升了自己，更多的是在心理上的。卢旺达人民可以在如此巨大的磨难后，恢复内心的平静，继续用自己的双手重建自己的家园，让我感慨万千，也让我之后在乌干达的创业之路上，有了接受一切挑战的勇气和力量。

服装店开张

Clothing stroe open for buisness

我和阿亮位于坎帕拉的顶楼住家

从卢旺达坐大巴回到了乌干达之后，好像浑身充满了力量，而且竟然有种回到故乡的感觉，我自己都觉得这实在是太奇怪了。没有去过卢旺达，真的不知道原来乌干达还是不错的。

回到家后，我和亮仔的关系也比之前一段时间更融洽，我们一起去了清关商 Aima 的办公室，他是以前大伯店铺的“御用”清关商，我们之前也认识，但是一般都只是打个招呼，没有像今天这样认真洽谈业务。我们的货物从义乌装柜完后，会被集装箱大卡车运到宁波北仑港，从那里装上大轮船，然后经过 30—35 天的海上路程到达肯尼亚蒙巴萨，之后再从肯尼亚的蒙巴萨用大卡车通过陆路运到乌干达。等到了乌干达海关仓库后，后面的事情便是交给当地的黑人清关商来交税、递交文件等，这些工作一般只能是这些专业的清关人士去和海关协调，我们也不清楚中间的流程。只是最后达成一致，清关费用大约1万美金，我们把货物的提单交到了他手中并且预付了些费用，从这一刻起，后续的工作就由他来负责了。

我们总算顺利地完成了一件大事情。因为在国外，当你从中国所采购的货物到达目的国港口或者边境之后就要进行报关交税、开箱验货、清点抽查等一系列复杂的程序，一般都是按照你的货物数量和进口发票来决定税费。但在非洲，他们具体按照什么指标和数据来收税，其实我们中国人一直搞不懂，也不想去弄明白。黑人能够帮忙做到的事情，一般还是交给黑人去解决，这比中国人亲自出面会好一些，大部分时间如果他们看到中国人的面孔，就会忍不住想敲你点钱。说实话，就算是在一般集市，本地黑人看到中国人来买东西都会把价格开得更高些。而非洲的政府机构也是以一个领导人为中心而组建起来的皇亲国戚的利益团体。如果你找对了清关商那你的货一定会顺利地提出来，如果他们再关系好点你也许会相对少缴纳一点税费。但是如果找错了人的话，不但货物提不出来，他还会把你的清关费给骗走，如果这样的话你的损失就大了。一般来说，我们中国人所用的清关商都是经过老乡或者是其他华商推荐的，不认识的黑人清关商我们可真的是不敢用。还好Aima是之前就已经认识了，我们把货物交给他去提关比较放心，至少不用担心货物的安全问题。

接下来的事情就是租店面了。租一个好的店面对于一个新开张的商铺是相当重要的。因为如果是一个沿街闹市，人流大的一楼商铺，虽然你缴的租金会相对高一些(其租金有可能是差的商铺的5倍甚至10倍)，但是利用这样的人流量优势，摆在你店里的东西一定会多多少少被客户买走。因为看到你店面的人多了，自然而然也增加了商品出售的几率，同时你也在最短的时间之内得到了市场上客户的需求信息，下次你进货就更能有针对性地进一些客户所需要的货物。好的货物加上好的店面位置那就是如虎添翼，能让你的生意红红火火、蒸蒸日上。

而反过来，如果一家新店开在一幢楼的二楼或者三楼，又没有电梯，这样上楼来买货的人明显会大大减少，如果是在淡季估计都不会有人想爬那么高的楼梯来买东西。好了，最后我们选择的店面是哪种呢？很可惜我们选择了后者，一个在二楼的只有10平方米的小店，一共租了两个小店面，一个用来当展示的商铺，另一个则拿来当仓库堆货用。

其实我们两个人也坐下来讨论过应该租什么样的商铺，第一种商铺真的很难找，这么好的位置一般不会有贴出来招租的，因为周边的商家，比我们更熟悉、更了解那附近的情况，如果有好的商铺腾出来，大家马上就会把那个商铺给占下来了，不管是本地黑人还是其他附近的中国人（在Qikubu附近开店的中国人不少，虽然没统计过，但是怎么也有个30多家，我们还是经常照面的）。

另外的情况就是你有的是钱，你过去看中哪个商铺，跟里面的老板谈，给你10000美金，你搬走。这个听起来好像挺霸道的，但是在乌干达这是很普通的一种用转让金来出顶商铺的做法，这种也只是建立在那个占着好位子的商铺老板自己不想干了，但是临走还想赚一笔钱（转让费），来补偿一下他把这么好的位置转让给你的情况下。这笔转让金有个很好听的英文名字叫“Good Will”（好愿望），听起来是多么美好啊。但是如果不是家底厚实的大老板，让我们拿出这10000美金，那我们也不干啊。理由很简单：“因为没钱！”

在相对比较热闹并且是有很多相接近产品的市场里面我们租下了两间店面。由于当初我在这条街待的时间比较长，所以什么市场比较热闹红火、人流量比较大我都比较有数，而且经营的产品分类我也比较清楚，所以在一个看似无奈的选址中我们并不是完全失败的。这层楼的二楼，一个商铺的租金是每月200美金，两个就是400美金。这样的投入成本对于我们来说其实还是比较宽裕的。店面钥匙到手之后我们并没有去做任何的装修。因为本来就没打算花那个钱，而且在进货的时候，我们已经把那些组装的简易货架都配好了，还有一张折叠式的弹簧床，都是用来存放和展示货物用的东西。万事俱备，只欠东风。

几天后“东风”如期而至，虽然中间有一些小插曲，比如，清关商临时加价，还有因为海关要开箱检查，我们两个中国人自己跑去首都的海关仓库监督他们开箱啊之类的事情。但是还是阻挡不了我们那时的那个兴奋劲，由于到货一般是晚上 6 点左右，中午的时候我就早早去叫了几个认识的黑人搬运工帮忙卸货，其中也有我以前的黑人小工穆萨和乌玛鲁。卸货一般是我们精神最最紧绷的时候。因为这个时候，这么多货物，又有这么多的人，情况比较复杂，比较容易出状况例如丢东西。所以我们叫老高过来帮忙看一把，用的也都是我熟悉的黑人搬运工，要不然还真的不放心。

一个 20 尺的小货柜打开了，其实东西不多，但是他们要背着货物爬上一段大约 45 度、高约 20 米的台阶。比想象中的轻松，由于平时经常让他们搬东西干活，所以比较清楚他们每个人的力量大小，搬我们那些货物（每个包也并不轻）还是蛮轻松的，六七个黑人一下子就搞定了，最多也就 30 分钟左右，所有从集装箱里搬出来的货都一件不少地装进了其中的一间商铺里面，门一拉，锁一上，大功告成。这个过程比想象中的更加顺利些，都说好的开始是成功的一半，所以当晚卸完货后我们回到家都很兴奋，觉得明天一定是个开张大卖的好日子。

第二天早上我们带着午饭(早上做好的米饭加一个青菜、一点花生米),早早地出发来到店面(其实店面离我们住的地方也很近,步行也就5分钟左右)。我们把不同种类的货物一样样翻出来,连同那些展示用的组装架,慢慢搭建起我们的第一个商铺。在整理货物的间歇还是有蛮多人来询问我们这些货物的价格。老高也抽空来我们这里转了一圈,第一天的确生意不错,具体卖了多少钱我不记得了。反正新店开张,货物新鲜,来看热闹的人还是不少的。

我们的上班时间为周一到周六的早上8点到下午6点,周日休息。我早上7点半起床做早饭,每天早上我们吃切片面包,有时候会夹鸡蛋,有时候会夹香蕉。喝的是开水,因为家里没有冰箱,所以我们家没有存储冷冻食品的地方。中午吃的饭也是我早上准备的,一般会烧一个菜,比如西红柿炒鸡蛋,然后再配些花生米之类的小菜。怎么看都是极其简陋的感觉,但是当时的我们并不那么觉得。出发去店面前我会把米洗好带去店里用电饭煲烧,这样我们虽然吃着早上准备的冷菜,但是能够享用热气腾腾的白米饭,这对于我们来讲还是件很幸福的事情。

在商铺度过一天之后我们打包回家,把所有用过的碗筷都带回家,亮仔负责洗碗、洗筷子之类的清洁工作。而我准备晚餐,晚餐其实也就是午餐的翻版,只不过有时候我会把和鸡蛋一起烹饪的配料稍加改换，比如黄瓜、雪菜、香肠、醋等。而最本质的区别是，晚上我们可以喝到我做的青菜汤，由青菜和鸡蛋组成，一菜一汤或是两菜一汤，而且是热的哦！直到现在我都不知道当时为什么我不去做或者去学习怎么做一手好菜。我懂得如何去品一道佳肴，有时候甚至是光吃着就知道了食物里面的素材和调味料，但是从来没有想过自己动手去做些菜为大众谋福利。不过阿亮倒是对我的手艺没有提出过什么要求，因为他的手艺有可能更糟糕。每天我把做饭当成是工作的一部分，而我的目标只是把饭和菜做熟，吃进去不会觉得难吃或者是吃完了拉肚子。至于如何去把食物做得可口和美味，我从来没想过，直到现在也是一样，我的专长是品菜而不是做菜。

我们所在商场的那层楼里，除了我们俩之外几乎都是黑人，他们的进货渠道有的是从别的中国人或者是黑人那里拿货，然后转手；有的人是自己坐飞机去中国广州拿货，然后把这些货物用自己的行李打包装回来之后，放在店里零售。

一个叫克里斯托弗（Cristofu）的黑人就是做零售的，他一年去中国两次，每次都会带两三个大皮箱的衣服、裤子、鞋子、皮带等男女时装用品回来。一个小小的店面里面放的东西倒也都是地道的广州货。而对他来讲，白马服装城、新大地服装城都是相当熟悉的地方了。我一直觉得这个黑人的品位还不错，看他进的货就知道。并且他店里这些时装类的东西还是质量不错的。平日里他的打扮也是比其他人更潮一些。一个一米八几的大高个，瘦瘦的，手长、脚长，墨镜一戴还是很有范儿的。而我常常去他店里和他聊天，这个 Cristofu 也算是我在坎帕拉当地比较聊得来的黑人了，直到现在我们还时常通过电子邮件相互联系一下。

另外，我们商铺隔壁是两个黑人女人，她们是合作伙伴关系，其中一个叫保拉(Paola)，一米六几的个子，接近 90 公斤的体重，很富态(因为在非洲有钱的女人都会吃得比较胖，而我们中国人管她们叫 MAMA)。她开的是一家婴儿用品店，货物是从别的黑人那里批发来的，她的店里面有尿不湿、童袜、童装之类的商品，一应俱全。由于就在隔壁，没生意的时候我们也常常会聊会天。了解了解非洲的历史和生意上的事情，有时也聊一些家长里短的事。

在我们对面有几家是卖毛毯的，还有几个是卖衣服的，另外，靠近窗口的一家是黑人开的餐馆，里面提供早餐和午餐，但都是简单的油炸食品，比如炸鸡和薯条。这些邻居都是不错的黑人，他们也比较热情。大家在一起的时候都有说有笑的，没事的时候我总去他们店里和他们聊聊天。

在我看来，他们好像并没有十分在意自己生意的好坏，没有因为当日没有客人光顾就愁眉不展，在他们看来，客人是否来他们店里光顾和消费都是上天安排好的，所以不必强求，耐心安静地等在店里就可以了。对于他们来讲这是一种相当大众和普遍的心态，大部分的黑人商人并不是太在意自己的生意好坏，销售多少，自己的客人有没有被抢走。这种知足常乐的精神，尤其是那种平和的心态是我一直在学习的。这种心态看起来简单，但是想做到真的是太难了。这样的心境那简直就是遁入空门，归于我佛。看淡世间一切的事物。“菩提本无树，明镜亦非台。本来无一物，何处惹尘埃。”没想到小黑们能把禅宗的佛法心境演绎得如此淋漓尽致，真的是不服不行啊。

非洲俘获的爱情

The love I have captured in Africa

我和我的妻子晓庆

店里的货物已经卖了一段时间,但是销路很一般。当时我和阿亮每天的营业额非常有限,但是我也没有感到太大的压力,因为觉得这是第一次做生意没有那么顺利、简单的。凡事都需要有个过程嘛,我一直是这么安慰自己的。不过在那个时候,我也有其他方面的收获,我追求到了我心仪的女孩子——住在我们家隔壁的晓庆,也是我现在的妻子。

晓庆是浙江青田人,比我小五岁,小个子,瓜子脸,笑起来特别好看。她是2007年来乌干达的,是超市陈老板朋友的女儿,当时正在超市帮忙。由于我们住得近,所以经常会一起聊天,一起出去吃饭,看电影,最后就在一起了。虽然我们从发展到在一起是相当的平淡而简单,但是谁也没有想到最后我们会一直在一起,直到现在。能走在一起便是上天安排的缘分,也许之前各自有自己的打算和规划:一个是想,如果在非洲的生意失败就回杭州发展,另一个是想英语雅思过关就签证到英国去读书。这么两个目标截然不同的人,最后竟然会为同一个目标而奋斗前进,这可能是她和我都没有预见到的。在平淡的生活中找到适合自己的终身伴侣,并不容易,所以要珍惜。

我们在一起之后也经历了很多事情,但是大部分记忆犹新的回忆还是一些惊险的事件。

比如说2010年南非世界杯决赛乌干达酒吧连环爆炸的恐怖袭击,那是一场在遥远的南非约翰内斯堡进行的世界杯决赛(从乌干达坐飞机到约翰内斯堡需4—6小时),由西班牙对阵荷兰。比赛是在乌干达当地时间晚上10点左右开始的,众多酒吧早已人满为患,我和晓庆也一起前往一家位于Garden City附近的露天小酒吧观看当天的比赛。在这片露天的草皮空地上有接近20间风格各异的酒吧,我们所去的酒吧便是其中的一个。

由于足球在乌干达当地十分受欢迎,又逢世界杯第一次在非洲土地上举办,乌干达黑人们对这次世界杯比赛的关注自然非同一般,从世界杯开始到决赛几乎场场比赛都是万众瞩目。一到有比赛的时间点上,大街上少有行人,几乎所有的人都围到电视机前面了,而这场决赛的盛宴自然也就更不在话下。很多酒吧都为这次决赛的夜晚准备了丰富的节目和食物。

而我们俩前去的酒吧准备了自助餐、烧烤、歌舞乐队表演,都是为了决赛前的助兴。当然门票也从平时的每人 20000 乌干达先令(80 元人民币)涨到了 50000 乌干达先令(200 元人民币)。我们到酒吧的时候那里已经有 30—40 人的样子,大家有说有笑,吃吃喝喝,随着音乐翩翩起舞,不亦乐乎。一直到接近比赛开始时大家才在大投影屏幕前落座,观看比赛。我们因为过去得比较晚,所以坐在比较靠后的位置上,前排则是一些有钱并且十分忠实的黑人球迷,他们穿着统一的白色衣服,手上还带有那届世界杯的神器“呜呜祖拉”。

比赛开始后大家也都聚精会神地观看着,虽然 0 比 0 的比分一直延续到了下半场 30 分钟左右。突然前排的黑人球迷接了一个电话后就起身离开了。这个时候我觉得很奇怪,比赛还没有结束,而且正是到了分胜负的最关键时刻,为什么他要起身离开呢?! 过了不到 2 分钟,酒吧保安立马都紧张和严肃起来,几个酒吧的保安围拢到附近。酒吧老板在这个时候也出现了,是一个白人,他手上拿着话筒,向在座的客人们传达了一个可怕的消息:附近有几家酒吧发生了爆炸事件,他宣布酒吧现在停止营业,请所有在座的客人有秩序地离开。我和晓庆当时虽然知道是有爆炸,但是绝对没想到是恐怖分子策划的炸弹袭击事件，单纯地以为只是普通的煤气瓶爆炸之类的。所以走的时候还有一点不情愿。好好的比赛还没看完呢。但是看着人群面无表情地默默离开，我们同样也不能继续留在那里了，所以我们也起身离开了这个酒吧。在回去的路上，我们就在过道边的一个露天迷你酒吧的投影屏幕前观看了最后的比赛，一直到比赛接近尾声时西班牙队的伊涅斯塔打入一球终结了比赛，我们才离开了这条酒吧街。

坎帕拉炸弹袭击现场图片

下面是当年腾讯新闻的如实报道：

腾讯体育讯（2010 年 7 月 11 日　乌干达）　2010 世界杯决赛进行时发生两起爆炸事件。乌干达警方称，在首都坎帕拉两起爆炸事件中的死亡人数已经升至 64 人，爆炸发生时，人们正在观看南非世界杯决赛西班牙对阵荷兰的直播。

警方称，一次爆炸发生在坎帕拉南部的一家埃塞俄比亚餐馆，另一次爆炸发生在该市东部的橄榄球运动俱乐部。爆炸还造成至少1名美国人死亡，2人受伤。当地警方称，据信是索马里的基地组织分支实施的此次袭击事件。

独闯布隆迪

Adventure alone in Burundi

布隆迪市中心纪念碑

时间一天天地过去了，距离我和阿亮两个人动力十足再次来到坎帕拉创业已经有半年的时间了，我们的服装生意并没有什么起色，因为没有经验，第一次批发的服装存在着很多的问题。

比方说服装的尺码问题，虽然在中国定做这些服装时我们就已经和厂家强调了一定要做大号的服装，要比平时做的更大一些，但是最后产品做出来的时候还是偏小。我们那时也并没有什么尺寸的概念，看着那些衣服已经比厂家样品间里的大一号了，但是等到了乌干达才发现，我们太小瞧这些黑人女人的身材了，那些黑人妇女根本套不进这些衣服。我们进的这些衣服只能给那些十五六岁的黑人小姑娘穿。至于颜色，那就根本是乱猜的了，红白黑的颜色我知道是好卖的，但是其他的颜色我也就是看着乱点了。

第一批货没有想象中的畅销，应该说是有点滞销。生意不顺利，两个人的心情自然也不好，时间久了，自然这样那样的矛盾和摩擦也就多了。这个时候找什么样的出路，就是摆在我面前的问题了。也许自己干自己的事业，独自承担所有的喜怒哀乐才是最适合我们的结果吧。

其实一早就听前辈老高跟我说过，两个人合作千万不要五五开，不要一人一半。因为这样的比例就出现问题了，大家的投资与付出都是一样多。如果生意做得好则罢了；如果是生意不尽如人意，吵起来，一个觉得应该这样，另外一个觉得应该那样，很容易有矛盾，起冲突。简单讲就是谁说了算、谁来承担失败的后果，一个人甘心，但是另外一个人不愿意。这两者永远不是那么容易协调的，何况是两个血气方刚的大小伙，那时没打起来就算是不错了，谁愿意亏钱啊。

我思考了很久，觉得两个合伙人分开各做各的事业也许是最好的解决办法，但是前提是自己都先找好出路，下一个目标在哪里。由于有上一次卢旺达的旅行经验，相对于乌干达这里成熟的市场来说，我觉得也许再去周边的国家看一下说不定能有更好的机会。我打开电脑开始在网上搜索，看看乌干达周围还有什么国家比较适合去考察，最后我圈定了布隆迪。由于布隆迪位于卢旺达边上，所以在我的行程上也安排了几天到卢旺达再次考察。

第二天，我就找阿亮说出了我的想法，心平气和地进行了沟通。我说我觉得应该出去看看有什么别的机会，然后我就独自去办理一切签证手续，其中包括布隆迪的签证和卢旺达的签证。

由于有过上次去卢旺达的经验，这次对于独自旅行的我来说，并没有什么压力和恐惧。只觉得这是一次提升自己胆量和应变能力的好机会，同时更重要的是考察一下未开发的市场。为什么会选择布隆迪这个几乎和卢旺达一样小的非洲国家。原因很简单，因为那里很穷，根本没有怎么发展，这样的地方应该有很多机会，我只是简单地这么认为。一张直达布隆迪的大巴车票在手，一个背包、几件换洗的衣物和1000美金现金，就这样，我又踏上了去往一个神秘的非洲小国家的征程。

大巴车是晚上出发的，总路程有十几个小时，同样是一车的黑人，他们应该是布隆迪人吧，不过看起来也和普通的乌干达人长相没有什么很大的区别，但不像卢旺达人那样身材高挑。大巴车的座位没有满，所以我旁边没有其他人坐，除了我之外也根本见不到什么其他肤色的人种。想必其中的大多数黑人也是布隆迪当地人，来坎帕拉上货，大包小包地往大巴底下的舱门里面塞货。

上了车之后我就倒头大睡了，反正这一趟是远路，而且又是半夜，睁着眼睛也没什么好看的，所以一路上我就是睡。一直到了早上天开始慢慢变亮时，我才开始醒过来，并且朝车窗外看，因为去往布隆迪的大巴是需要借道经过卢旺达的，所以中间我们得在乌干达和卢旺达边界下车接受检查，之后到了卢旺达和布隆迪边境的时候同样也需要下车接受布隆迪海关的检查和证件盖章。

当我们到了卢旺达和布隆迪边境之后，我还是觉得有些惊讶，布隆迪海关的设施比起卢旺达和乌干达来说真的是落后很多。海关办公室是一个简单的小茅草屋，办公室的墙壁也是没有刷过油漆的，里面就两个小窗口，还没有玻璃，办公人员就在这个小破房子里面帮我们这些入境的人办理入境手续、盖章等。由于办公室太小，很多排队等候办理手续的人排到办公室外面去了，这样的阵势我倒是第一次遇到。一切过境手续都是那么的简单，海关工作人员翻开我的护照，稍微看了下里面的签证和签证上我的照片，然后看了下我，也没问我是去布隆迪干什么，什么都没有多说，紧接着就华丽地把章盖在我的护照上面。等办理完这些手续后，我赶紧找到我来时的那辆大巴并坐上，我可不想一个人被丢在这个陌生的边境。

直到上了车，在我原本的座位坐下来时，我才算是松了口气。大巴在路边停了一会儿，很多的小贩手里提着矿泉水、小饼干之类的零食和饮料向我们这些车上的人兜售，虽然我很想吃点什么，但我还是觉得忍一下就过去了（我随身只携带少量的在乌干达的钱庄兑换的布隆迪货币)。挨着饿,用我从乌干达买的矿泉水暂时对付对付。说来也奇怪,当饿得过了吃饭的点的时候,慢慢地你又开始不觉得饿了。反正这样正好,只要有水喝,别的其实也没什么大的关系。

大巴开始启动了,缓缓前进,路不宽,大概只能容下两辆大巴并行,路的两边都是些因边境贸易而修建起来的店面,紧紧地贴在路的两边,生怕过往的旅客找不到这些店家。而我则留意着窗外的风景,车子开出一段距离后便进入了下一段陡峭的山路,这条山路一直延绵曲折,很长很长。我还在这头的时候,就已经看到了对面山上的道路了,路面很窄,我都怀疑两辆大巴是否能够并排交会。路的左边是山,右边则是万丈深渊,而且两旁没有任何保护栏之类的东西。这一路段的旅行对我来说可是刻骨铭心,因为我的座位是靠着右边的,从我旁边的窗户望出去,只见大巴和路面的最边沿只有大约 2 米的距离。

再往下面看就是悬崖,由于是在群山的怀抱中,有很多雾气在山谷里飘荡,所以我看不清楚这个悬崖到底有多深,但是怎么样都应该有几百米。如果车摔下去的话,那一定是完蛋了。在这样的山路驾驶车辆,一定要挑选一位心理素质极强且经验丰富、技术好的驾驶员。在那么狭窄的空间里行驶真的不是一件容易的事情,绝对不是一般的驾驶员能够胜任的。但是这辆大巴驾驶员前进的速度倒是一点都不慢,而且两车交会时,他也操作自如,一点没有要减速的意思。真是艺高人胆大。像我第一次坐这样的大巴可真的是不怎么能接受得了啊。在这段惊险的山路上我一直精神高度紧张，根本没有任何想睡的意思，这样的环境下我可没有什么闲情逸致来闭上眼睛睡觉。但是看看我旁边同行的布隆迪黑人们，睡得可香了。真是些“没心没肺”的人啊。在这条天险的山路上大巴硬是跑了快一个小时，之后才慢慢进入一条看不到悬崖的路面。这个时候我才稍微轻松下来，而我的心跳也恢复到了正常的速度。

突然有一辆敞篷的军用大卡车从大巴后面鸣着喇叭超了上来。卡车上面载着很多黑人士兵，他们分开坐在卡车的两边，没有统一的军装，但是主要以绿色为主，手里拿着 AK—47 冲锋枪。这个场面就如同是《黑鹰坠落》里面的武装分子打扮一样。他们的卡车急速行驶向前。远处的树林里面还不时传来一些零星的枪声。这辆卡车也许是前去增援的吧。

一转眼的工夫，那辆载着士兵疾驰的卡车就在前面消失了。零星的枪声也渐渐听不到了。再往前面道路两旁，零零散散有很多用砖头堆起来的房子，十分简陋，外面裹着厚厚的一层泥土，而房子顶上都插着一面旗子，那面旗子好像不是布隆迪的国旗，而是一面绿底红五角星的旗子。在出发来布隆迪之前，我在网上稍微了解了一下布隆迪的基本情况，说是这里刚刚结束了内战。想必这些插在道路两旁的旗帜就是解放的标志吧。

再开了一段路之后，大巴慢慢地驶入市区，两旁的房子也多了起来，稍微高一点的房子开始出现在我的视野中了。而此刻，何时能够到达市区的终点站，便是我唯一关心的问题。大巴车到达终点站的时间也比我想象中要早很多。在几个弯路上转来转去之后，大巴终于驶入了终点站。周边好像也就只有这么一个大车站。司机把车停好之后就告诉我们终点站到了，请大家下车。

我背着自己的背包下了车。考验我的时候到了！在非洲的一些落后国家，是不能在携程网上直接搜索目的地的酒店然后预订的，而且那时候还没有携程网这个东西。到了当地，全靠人肉搜索。不过另外还有个好办法就是让出租车司机推荐。当然我所打的那辆出租车也是经过细心挑选过的，出于安全的考虑，打车时新车会好于旧车，有明显出租车标记的车会好于没有明显标记的车或者是私家车，而年纪略大一些的出租车司机又会好于年纪轻的司机。司机的面相也是参考的一部分。这些都是在一个陌生的地方保证自身安全的基本准则。我选了一辆比较符合以上几点的出租车，车子是丰田产的，不算很旧，当然也不可能是全新的。司机是个中年黑人，布隆迪是个讲法语的国家，但是司机会讲些英语，所以我们之间的交流没有什么问题。我让他带我去稍微安全系数高一些的酒店。他开着车，问我是哪里来的，我说自己是从乌干达过来玩的。

车开出去也就十几分钟，便到了一个类似别墅区的地方，他说这段路有几个酒店都还是不错的，问我看看哪个合意他就在哪里停下。我看了看两边的建筑，最后选择了一个门面看起来还不错的酒店门口停下了。说是酒店，其实就是一般我们叫的别墅，房子只有两三层楼那么高，没有耀眼的玻璃窗结构，也没有大理石台阶和镀金把手的大门。就连它是不是酒店都没有明显的标注，只是在大门边的一个小角落里面有一排字，写着什么 Hotel 来着。至于它到底叫什么酒店，我一点也不关心，反正就在这里落脚住几天吧。

付完车钱，我进了酒店的大门，发现这个酒店还真的是一个不折不扣的别墅改建的酒店。一切建筑结构都维持了这个别墅原有的特色，周边的绿化相当不错，感觉是跑进了一个热带雨林包围的房子。前台是很小的一张桌子，简单但是很有非洲特色。实木的桌面，隐约还能看见树的纹理。周围墙上挂的也是非洲特色的挂件，还有些木头制成的脸谱。当然不是我们中国的京剧脸谱，而是那些吓人的、青面獠牙的脸谱。我和前台服务生一起去看了下房间，我表示满意，然后就入住了。房间的价格为每晚 80 美金，这个价格的确有点让我吃惊，这么一个小房间竟然能开出这样的价格！不过天色已晚，再叫我一个人跑到外面静悄悄的路上去找其他酒店也是不可能的事。所以就付了房费，安安心心地入住这个有缘的酒店。

酒店的房间其实还是蛮有味道的，简单的家具装修，家具大多数用的是实木，所以整个房间充满了原汁原味的非洲特色。一个小小的、厚得不能再厚的小彩电放在床对面的墙上，床边的茶几上有一个电热驱蚊器和一台电扇，没有冰箱，没有电热水壶，连毛巾都没有。还好我自己随身携带了毛巾、牙刷、牙膏、肥皂这些基本用品。长途坐车那么长时间，洗个热水澡是放松身心的好办法。但是当我打开卫生间的淋浴水龙头时，出来的却是冷水，仔细看了下水龙头附近的标记，并没有热水这一选项，所以这里应该是没有热水这一说吧。好在水管里流出来的冷水是温温的，并没有把我给冻个半死。

洗完澡之后换了套干净的衣服，我就走出自己的房间来到酒店的餐厅找食物吃。餐厅很小，就四五张桌子，一个客人都没有。我在一张餐桌旁坐下之后，有个服务生过来，之前在前台看到过他，因为这个小酒店并不需要那么多的服务员待命，所以基本上一个人可以胜任多个角色，比如前台、保安、服务员、保洁等，说不定都是这么一两个人搞定的，这个黑人起码担任夜间保安和餐厅服务员这两个工作。他过来就用英语自我介绍，他叫 Antony（安东尼）。这个黑人长得还算端正，1米 8 的大个子，大眼睛，厚嘴唇，人看起来还挺老实的。他用简单的英语为我介绍了一下菜单，我选择了米饭加牛肉。厨师做得还凑合，不算美味，但是至少没有做得很难吃。要知道在非洲一般的食物不是薯条、炸鸡，就是比萨、面包。清炖的牛肉有一股子骚味儿，因为他们不怎么会用香料和大料去腥，酒店里做的菜自然是稍微好那么一点点，但是基本让人没有什么记忆点，也许隔天就忘记了头天晚餐到底是吃的什么东西了。

吃完晚饭后，Antony过来收去我的碗碟，问我还需要点什么。我看看周围没有其他的客人，就和他聊天，他也蛮热情，搬了把椅子坐下问了我从哪里来之类的。而我则向他打听布隆迪的情况。他说布隆迪刚刚结束几年的内战，政局趋于稳定。我则询问他是否愿意当我的向导，带我去布隆迪市中心和商业街这块地方走走看看。我可以付他一定的费用。没想到他爽快地答应了，并且说明天一早9点钟就可以一起出发。这样一切都很顺利，在这样的国家找个向导还是很有必要的，毕竟人生地不熟，自己根本不知道有些地方该怎么去，还有什么地方不应该去。有本地人带路，那一定好很多。就这样，订好了第二天的行程之后我就回房间去了，在这之后倒是陆续有几个住在酒店里的客人到餐厅去用餐。

回到了房间感觉到有点热，就把电扇打开了，在乌干达的时候我基本都不用电扇，因为室内的温度很舒服，根本不会有闷热的感觉，而在布隆迪，我在非洲第一次感觉到了炎热。如果没有房间里的那把小电扇，估计是很难入睡的。还好房间里没有蚊子，窗户那里防蚊虫的纱窗还是很有用的。新地方，新床，新枕头，虽然都是不利于睡眠的东西，但是也抵不过旅途的劳累，我倒头就睡着了。

第二天一早，太阳光透过纱窗把我唤醒了，看了看时间刚好 8 点钟（布隆迪和乌干达之间没有时差）。早上是美好的，因为有自助早餐，在国外的宾馆酒店一般都是这样的标准配置，目的也许是为旅客着想，这么大清早的，等睡醒了之后能够好好地吃上一顿早餐其实是相当重要，当然也是相当美好的一件事情。

当我洗漱完到了餐厅后，发现原来酒店里还是住了不少客人的，大概有十几个人已经在享用早餐了。是自助早餐，且种类丰富，有熏肉、面包、鲜榨果汁、咖啡、牛奶，还有很多种类的水果，一应俱全。总的来讲，这丰盛的早餐还是相当不错的。吃完了早餐之后我便和 Antony 出发去首都布琼布拉(Bujumbura)的集市，我和他打车到了一个市场，市场是由一条街道和街道两旁的店面组成的，几乎所有的店面都是不超过两层的建筑，花花绿绿，什么颜色都有，有黄色的房子，有蓝色的房子，两旁的店面里的货物也是种类繁多，什么都有，有些大点的店面都有 500 平方米，类似超市的杂货铺。还有几家店面保卫森严，外墙用的是单面玻璃，玻璃外面则用铁条焊死，从外面看不到店里面的情况。门外还有一个荷枪实弹的保安。我还以为是银行之类的金融机构，后来

Antony告诉我那是一家手机店。一个手机店有必要用到这个程度的安保级别吗？看起来这个地方的治安好像不是很乐观啊。

一路走，一路看。这里的东西倒还是蛮多的，各种类别的商店都有：百货、电器、五金。但是过于松散，没有一个单个品种集中的市场。我还抽空去那里的钱庄换了些当地钱用，1美金兑换1700布隆迪法郎。而这个1700布隆迪法郎应该够吃顿简单的早餐。在路过一家餐厅的时候，我和Antony在那里吃了午餐：炸鸡和薯条，这个东西好像在世界的哪个角落都是那么受欢迎。两个人一共用了大约20美金，价格还算公道。Antony对于这顿大餐自然也是相当满意，吃得是那么开心和满足（平时他一个人估计不大会舍得去吃这么一顿的）。

吃完午饭后我们来到了一个集市（菜市场附近的那种市场），蛮大的，但是是用仓库简易棚设计的。市场只有一层，顶棚用的是铁皮，里面则聚集了大大小小很多的店家。我和Antony刚走进集市的大门口，便迎上来一个很小的黑人小孩，小孩穿着背心和短裤，从衣服袖口和裤子的裤管露出来的只有一小段连着躯干的手臂和大腿，那一段之后就没有前臂和小腿。他一看见我就径直爬过来，还没等我反应过来是怎么回事就已经把我的腿抱住了，原来是个黑人小乞丐，是为了向我要钱吧。Antony低声劝小孩离开，但是小孩并不听，而是继续把我死死地抱住，抬头看着我。看着小孩那残缺的身体，我掏出身上的一些零钱准备给他，但是不知道该怎么交给他，这时 Antony 接过我手中的零钱放在了小孩的小背心前胸口袋里。小孩很小，大概只有 4 岁，不会讲话。他看着我的眼神还是普通小孩的那种眼神，那么的天真无邪，好像他还并不清楚到底在自己身上发生了什么样的事情，也不知道这个残酷的命运对他以后的生活会有什么样的影响。

记得印度著名电影《贫民窟的百万富翁》里有一个情节，一些坏人从贫民窟绑架回来一些很小的小孩，并且把这些健康的小孩故意弄成残疾，然后把这些残疾的小孩拉到闹市去乞讨，为他们赚钱，成为他们的摇钱树，而这些残疾的孩子则过着悲惨的生活。其中有一段场景是这样的：男主角回到了以前自己被拐骗的地方，看见了以前的一个小伙伴，坏人用热油把他的小伙伴的眼睛弄瞎了之后，把他放到马路上去乞讨。而他现在还在同样的地方乞讨。他见了男主角之后问了一个问题，一百美金正面上印的头像是谁？“本杰明·富兰克林”，男主角回答道。这刚好也是他参加百万巨奖的猜题比赛中被问的一个问题。这些小孩被折磨、被残害，成为那些坏人赚钱的工具，而他们却不知道自己讨来的钱是长什么样子的，也不知道能用这些钱干些什么。而在我面前发生的这些，不是电影中的情节，而是一个活生生的例子。当这个小孩抱着我的腿的时候，我能够感觉到他残缺身体的温度。至于他的身体是由于事故还是被人折磨成这样，我不敢想，也不愿意去想。

这件事对我来说是一个很大的震撼，在非洲见过很多凄惨的人，有被艾滋病折磨的病人，骨瘦如柴；有双腿残疾天天靠上半身爬行的人；有从马路边的脏水坑里舀水喝的妇女。这些事情在乌干达的时候经常会碰到，两三天就会看到一次，从同情到习以为常。但是这个布隆迪的残疾小孩让我的心久久不能平复，半天回不过神来。而在之后的时间里，我和 Antony 也只是简单地逛了一下菜市场，一天的行程便结束了。

第二天，由于 Antony 在他所工作的酒店有工作安排，所以不能陪我一起去市区里转悠了。我便一个人步行去外面走走看看，除了随身带了一些小额现金之外别的都没有带。当天的安排是徒步自由行，主要就是看看首都布琼布拉的建筑和风土人情。之前了解到这里曾经被比利时殖民过一段时间，是世界上最穷的十个国家之一。当地人基本是讲法语的。由于前一天出行的时候有 Antony 随行，我基本不用担心语言的问题，但是一个人的时候语言还是产生了障碍，有时候向别人问路根本听不懂。当地人基本上是一点点英语都不会，所以我只能自己瞎走，欣赏沿途的风景。那些沿街的别墅都有点欧式的风格，带花园。房子和房子之间的距离也比较远，高楼大厦也少见。马路旁边的树非常高，看着应该是有些岁月的痕迹。

走着走着，看到了一个名叫 T2000 的大超市，足足有 500 平方米大,里面摆放着很多货物。我一进门,就看到两三个年轻的中国小伙子在店里,见到中国人当然是压抑不住内心的喜悦啊。我便和他们攀谈起来,问问他们是哪里人啊,来这里多久了啊,平时过得怎么样啊。年纪大一点的叫小李,福建人,来布隆迪已经两年了。另外两个小伙子是刚刚过来的,才三四个月的样子。他们说这里的黑人都很懒,好像是法国式的慵懒,常常迟到。国家刚刚结束了内战,政局趋于稳定了。他们店里因为货物品种齐全所以生意还可以。老板回国去进货了,这些天就靠他们几个人来看店。由于布隆迪没有港口,又有很多山路,所以店里两三个月才到一次货。来这里的中国人并不多,除了上班看店之外,他们几个到了节假日或者周末就一起出去钓鱼。他们问我是来干什么的,我说我是从乌干达过来考察的,看看市场,顺便旅游一下。他们笑着说,要旅游的话这里倒是没有什么好地方可以去,我说只要是和我那里的风景不一样就行了。和他们聊了很长一段时间,一下子就到下午四五点钟了,我便起身告辞,互留了联系方式。

第三天,我已经开始觉得无聊了,一个人在一个陌生的城市,一个朋友也没有,和当地人沟通都有问题,真是叫天天不应,叫地地不灵啊。如果在这样的地方开店,真的是心有余而力不足啊。况且如果出了意料之外的麻烦,比如签证、税务、工商等没有熟人帮助,是没有办法生存与发展的。布隆迪当地的市场还很落后,东西过来能不能卖,或者好不好卖、能卖多少，我根本看不出来。而且货物需要经过大约2个月的漫长跋涉才能到这里。所以我已经基本放弃了来这个地方发展的念头。既然已经做出了决定，那我就准备离开了。我打车去了大巴车站，购买了第二天一早7点钟的车票准备出发去卢旺达。第二天一早5点多我就起床了，把在那里睡觉的Antony叫醒，帮我把酒店的大门打开，并帮我叫了一辆出租车。临走时我很感谢他这几天的陪同，并且给了他50美金的小费。他在月色中露出了招牌式的两排小白牙，看得出来他笑得很是开心。

我坐上出租车，早晨6:40顺利到达了大巴车站，大巴车站那里已经在等待的人就那么两三个。司机也在那里，我上前去问司机是出发去卢旺达的车吗，司机是乌干达人，讲的是英语，他说是的。这样我就安心了，便找了张凳子坐下来继续等。但是没过多久我觉得奇怪，都快到7点了，怎么才这么几个人啊？这个班车我之前问了，一天只有这一班啊，都这个点了乘客怎么连个影子都没有啊？那等下如果大巴到点出发了怎么办？

时间一下就到7点了，司机还是不慌不忙，一点也没有要启动汽车的样子。而附近等待的乘客们虽然多了起来，但是也只有8—10个人。我便上前问司机这个车到底是几点开啊。司机一脸调侃地说，车票上是写着7点开的，但是布隆迪人老是迟到，而且不是一两个人迟到，以前大巴准点出发，但是常常会还有一半的乘客没有上车，有好几个乘客是从大巴车站打出租车过来赶的大巴。所以从那以后大巴车站就把车票上写的出发时间提前了一个小时。世界上真的有这么奇葩的民族吗？铁一样的事实回应了我的疑问，事实的确如此。

直到 7:40，大批的布隆迪乘客才慢悠悠地来到大巴车站。而且在他们的脸上一点都看不到着急的样子。我瞬间被他们的冷静所折服了，所谓法国式的慵懒，呵呵，法国人是不是也是这个样子的啊。就像司机说的那样，大巴车 8 点钟准时出发了，而大巴车上还有好几个空位，我甚至怀疑是不是还有人错过了这辆大巴。在出布隆迪的路上，司机又一次施展了他的“过山车”技巧，大巴车在崎岖的山路上超车、加速、爬坡。虽然回去的时候车走的是内道，贴着山背。但是由于司机驾驶的车速还是太快，总是给人一种危险的感觉。

很快车就到了卢旺达，我在市区找到了 Andrew，和他一起聊天、喝咖啡、逛市场，在卢旺达停留了三天时间。由于是第二次来卢旺达，所以一切都已经比较熟悉了，我去看了基加利的超市、赶集市场、商业街等。但是我依然觉得在这里还是不能够看到什么前途和希望。所以打算第二天起程回乌干达，前一天下午 Andrew 带我到了一家位于市区边上的山顶餐厅，叫向日葵餐厅（Sun Flower），我们在那里共进下午茶，顺便欣赏日落。基加利的日落的确很美。

隔天早上5点我便坐上了开往乌干达坎帕拉的大巴，由于这几天的旅途劳顿，又是大清早起床，我睡意很浓，就在大巴的最后面挑了个位子，睡了。一直等到明亮的太阳光照入行驶的大巴车内，才把我给照醒了。

这个时候，有个戴眼镜的中国人在我身边的空座上坐了下来。我看了他一眼，40多岁的中年男子，笑着和我打招呼，我也和他打了招呼。这让我太惊讶了，同车的竟然还有个中国人，这真是太巧了！上车的时候我都没有注意到，他说刚刚上车就看到我了，只不过那时我还在睡觉，所以就没来打扰我，这一车黑人里面能遇上个中国人可太不容易了。

车一路开，我们俩也一路聊，我介绍了自己，在乌干达首都坎帕拉三年了，在做服装生意，刚刚去布隆迪和卢旺达考察回来。而他姓尹（我管他叫尹哥），家住深圳，现在在卢旺达做国产手机生意，手机原材料都是从深圳直接运到卢旺达的。他在卢旺达有组装手机的工厂，最近打算去乌干达发展手机业务。

话说到这里，我们两个就刚好一拍即合，他愿意把他一部分在乌干达的手机业务交给我去做，而我也愿意代理他的手机业务作为我的运作项目。因为手机这样的电子产品对我本人来说还是有相当吸引力的，并且那时国产手机在非洲也是相当走俏。这是因为，第一，国产手机相比较诺基亚和三星来说有很大的价格优势；第二，国产手机有双卡双待的功能，而在那个时候诺基亚和三星的手机是没有这种功能的，黑人能用一个手机的钱装两张电话卡（在乌干达当地有3—5家电信公司，所以一个黑人基本都是有两张以上的SIM卡），这个对他们来说是十分划算的事情；第三，国产手机多变的款式也是十分受欢迎的，其功能强大，音乐响亮，款式繁多。所以国产手机必定能被黑人所接受。这样好的项目真是踏破铁鞋无觅处，得来全不费工夫！

就这样，我和尹哥便在通往乌干达的大巴上讨论合作的细节，当我们聊得差不多时，大巴车也已经到达乌干达坎帕拉市内的终点站了。我们互相留了联系方式后就分开了，他去入住自己已经预订好的宾馆，而我则回到我的“工棚”。随后几天我陪同尹哥在乌干达的几个商业区考察。在乌干达坎帕拉我已经算得上老手了，我们走大街，穿小巷，在拥挤的商业区Qikubu穿梭前行。饿了就带尹哥上坎帕拉比较知名的几个中国餐馆吃饭，显然他对这里的中餐相当满意，边吃边感慨在坎帕拉的生活真的是比卢旺达滋润多了，吃得好喝得好。以后有机会他也想开一家中餐馆，这样他就也能过上这样的幸福生活了（事实上，后来尹哥的确在卢旺达基加利开了一家中餐馆，规模很大，而且生意也相当好）。

结束了这趟旅程后，尹哥便起程回了卢旺达。而我则找阿亮讨论我们之后的路该怎么走，我认为该分开做自己的事业，而其中的理由其实大家都是心知肚明的，没花多少时间我们就达成了共识。他也想用几天的时间出去考察，等回来后我们就可以甩货清仓，把所有的货物低价处理后货款平分，然后就各自去做事业。我跟他说没问题，不用着急，我等他，等他看好了决定好如何进行自己的下一步计划时，我们再开始进行收尾工程。

他只身起程，一个星期之后回来了。幸运的是，他也找到了在乌干达乡下发展家具业务的项目。既然我们两个人都已经准备好了以后的发展方向，第二天我们就开始大幅降价甩货。这个时候的货物，只要能够变成现金再便宜也要卖掉。很多衣服都是低于我们从中国进货时的价格，完全是不计成本的抛售。这样的亏本价格我们看着心痛，但是让那些过来购买的客户脸上乐开了花，没想到我们的货物竟然因为最后处理甩卖时还火了一把，客人们大包小包地装着店里和仓库里的货物，我们没用几天就把店面和仓库的货物给卖完了，有便宜捡谁不开心啊？后来很多客人看着空空的店面还问我们，以后这些货你们还会进吗，什么时候到啊？我们死命摇头，没了没了，只有这些，没有下次了。

回到家后我们把账核算了一下，平分了最后处理货物的钱。总的算下来，在这半年的时间里，我们两个人，每人亏了一万多美金（约合七万多人民币),在当时来说这笔学费对我们两个来讲都是相当昂贵的,但是长痛不如短痛,在哪里跌倒了就要从哪里爬起来。收拾收拾自己的行装,还要继续前进。

一起租的房子也快到期了,接下来的日子,便需要“八仙过海,各显神通”了。告别了这第一段合作,我们便各自走上了单飞的旅程。这是我们走上各自征途的第一站,其中也包含了很多的经验教训。我个人认为那是自己真正开始创业的里程碑。从这一天开始,一切都要靠自己了。

单飞
Sail alone

位于坎帕拉市中心阿鲁瓦路的我的手机店

手机店正面照片

我的黑人小工纳什(NASH),正在悠闲地喝水

由于暂时还没有找到合适的落脚地方,我从以前的房子里搬出来,暂时住在了楼下老高的家里。这段时间我的女朋友晓庆也常常来老高家里看我,我告诉她我打算在坎帕拉卖手机,过段时间就去找店面。而就在这个时候,她告诉我她的叔叔(来了比较久的华商叶总)最近刚刚在菜市场附近开了一家食品百货超市,让我去问问是不是能在他的超市里帮我留几个柜台来卖手机,叶总听后爽快地答应了,于是,我的第一个手机店就这样诞生了。

在晓庆叔叔的超市里我获得了4个1.2米长、0.8米宽的玻璃柜台,我花了一点点钱就把这几个柜台给好好地装点起来,再配上五颜六色、款式各异的手机,看起来还真的蛮像样的。而经营这四个柜台便是我在坎帕拉的手机店起步阶段。从这个店面起步,慢慢积累经验。我的手机店基本以零售为主,批发为辅,有一部分手机是由尹哥提供的,而其他一些手机则是从我在乌干达当地找到的另外一个手机品牌的中国代理商那里批发过来的。这样一来,我的手机店里就有各种款式和功能的手机了,丰富多样的产品自然也吸引了很多黑人来我店里买手机。而我和晓庆也一起搬进乌干达一所大学的学生公寓里面去居住。

半年之后我又在老高家(也就是我以前住过的地方)的隔壁租到了一家沿街的位置不错的店面,这个店面靠近Aruwa大巴车站,人流很密集,算是一个相当热闹的位置了。再过了半年的时间,我在后来的住家附近又租下了一个店面,这样我的手机店就发展为三家,我负责看一家店,晓庆负责看一家,另外一家最早在超市的店面则由我的一个黑人员工负责管理。我们一共雇用了五个黑人员工,他们的名字分别是Nash,Majitu,Said,Lilian(女),Helen(女)。Nash算是几个黑人员工里最聪明的了。他是一个开心快乐的小男孩,19岁左右,瘦瘦高高的。相比其他的黑人他特别的聪明,学东西很快,什么手机软件问题他都能解决，会电脑上网，也会用邮件。我还发现有时他竟然还会用柜台里的笔记本电脑下载英文版本的 QQ，注册一个账号之后便在 QQ 上用英文和中国人聊天。Majitu 是个傻傻的黑人小孩，看起来还是比较老实憨厚；Said 是个虔诚的穆斯林小孩，也是 Nash 的亲戚；而 Lilian 和 Helen 则是相当普通的黑人小姑娘。

当我在坎帕拉拥有三家手机店的时候，我的手机生意和生活已经基本趋于稳定，也不需要天天在店里，工作时间比较自由。有一天我的手机供货商问我想不想买他的一辆自动挡的丰田车。这辆车是银灰色，车内外虽然显旧，但不是很脏。只是这辆小车已经 20 多年了，快赶上我的年纪，在国内这辆车可是已经到了报废的年纪了。但是由于是原装的日本车，再加上平时保养得当，他说这车起码还能再开 10 年，价格为 600 万乌干达先令(折合人民币 2.4 万元)。因为我根本不懂车，觉得买辆汽车就和买辆自行车是一回事，只要价格合适、款式好看就行了，虽然有人说选车、买车就像选老婆，可是对我来说一点也没有这样的感觉，我只把汽车作为一样交通工具而已，平时上下班可以代步，周末去超市购物什么的也方便。想买这辆车的另一个原因是，之前我和供货商一起出去办事的时候坐过几次这辆车，那时觉得车辆的性能还可以，没有什么大的毛病。而他那时就说，这车买来开，没出过毛病。因为如果是车子有毛病要修，那就要花上不少额外的钱，有时候运气不好说不定维修的费用会比你这辆车本身更加昂贵，我们俩认识也蛮长时间了，我也相信他的话。他说车子本身没有出过什么大事故，也没有什么毛病，一直以来就用得好好的，最近一段时间才刚刚保养过。我稍微考虑了一下后，便和他敲定了这单买卖。但是我向他提了一个条件，就是先等我去把当地的驾照考出来，然后再来付钱提车，而转卖车辆的一切手续和费用由他来负责。他说手续和费用没问题，驾照考考可方便了，让我快点去考出来就是了。

第二天我便给我的会计 Janiffe 打电话，让她帮我准备办理驾照的相关事宜。在坎帕拉的很多中国人都是无照驾驶的，这也不是什么大不了的事情，如果被交警抓到了只要给交警点小费，大约 10000 乌干达先令（50 元人民币），就会放行，什么事都没有。但是没有驾照的人开车总是提心吊胆的，因为手里没有驾照总是有些做贼心虚，看见交警或者警车常常要绕着开，很麻烦。被抓到的中国人如果语言不好，不能很好地沟通和解决问题也是件麻烦的事情，既耽误了时间也破坏了心情。所以后来的中国人都通过当地黑人代理按照流程把乌干达当地的正规驾照给办出来。

杰尼菲（Janiffe）是个 30 多岁的黑人女人，是我公司的会计，也是很多中国人公司的会计，除了日常的税务工作之外，她也负责很多中国人其他的日常事务。比方说帮忙考驾照、申请营业执照、银行开户等都是她的业务范围。由于她的为人不错,很讲信用,同时也很会为她的客户考虑。更重要的是,她帮助当地华人解决了不少工作上和生活上的问题,这也是她拥有大批中国客户的原因所在。Janiffe已经帮助很多中国人办理了当地的驾照,所以经验很丰富。她带着我去当地郊外的一个检查身体的检测站,检查视力、听力和身体条件等。然后她带我去路考考场参加路考。负责路考的是坎帕拉当地的交警,唯一的麻烦是路考之前有一段小小的笔试题目,而这段笔试的考卷用的是英文,这给很多中国人带来了很大的语言障碍,但是无所不能的“小费”帮助我们轻松地解决了这个语言障碍问题。

早在考试之前,Janiffe已经帮我们向监考的黑人监考官缴纳了一笔小费,而在下面的考试中,监考官连试卷都不需要我们填写了,只问了我几个简单的问题如路标是什么意思就算过关了。而到了真正的开车驾驶阶段,他便会上车坐在副驾驶座,只要你真的会开车,或者车开得不是很好但是不至于有什么很大的错误都能顺利拿到驾照。

去考试的时候我开的是翔子(晓庆的亲弟弟)运货的丰田小面包车,这个款式的车也是最主流的坎帕拉的公交车款式,无论是载人还是拉货都有着无与伦比的优越性,而且性价比十分高,一辆二手的小面包车估计只要400万—500万乌干达先令(人民币1万—2万元),当然越破旧越便宜。因为乌干达是靠左行驶的国家,所以汽车的排挡和离合器都是在左边的，这样就出现了你在开车打排挡和踩离合器时出现同时用左手和左脚的动作，也是俗称的“同手同脚”。真想不明白英国人和日本人为什么会发明这样的使用路径，为什么要和全世界其他国家的人民对着干，使用靠左这样违反人体平衡动力学的行驶方向。去考试的那一天我也是临时借的翔子的车，考试前根本连热身练习都没有，所以对车的性能根本不了解，更别说操作熟练了，一路上开得歪歪扭扭，每次打排挡的时候车子就要往左边偏一下，而且在一个停车的位置上把车斜着停在了路边。

真的是什么事情都是熟能生巧啊，一段时间不碰，就变成这样了。而坐在一边的监考官黑人，一路上倒是神情自若，见怪不怪，从头到尾除了给指令之外也没有多说什么。OK，我们回去吧。然后我再把车开回到考场办公室的停车场。他宣布我考试合格，过两个星期之后就等着拿驾照吧。我心里想说，如果换作是在中国，今天这样的表现是绝对拿不到驾照的，好险好险。

两个星期之后我便拿到了自己的驾照，驾照的有效期为六年，证件做工还不错，好像比国内的驾照还要考究些，没有扣分的点卡，驾照里的内容有姓名、出生日期、驾照有效日期，最大的不同是里面还附有个人签名。在我看来，这张驾照简直可以和个人身份证相媲美，什么样的信息都在里面了。

驾照到手之后，我便去朋友那里付了车款，二手转卖汽车还需要一些文案手续，不过这些他都帮我搞定了，我要做的只是签一份汽车转让之类的合同就可以了。两天后我顺利拿到了这辆丰田轿车（直到现在我都不知道这辆车的型号），车子停在离我店不远的街边，而且刚刚被洗干净。呵呵，我的第一辆车，一辆几乎和我年龄一样大的丰田车。不论怎样，当拿到车的那一刻还是很开心的。以后出行终于不用打波达波达（Bodaboda，摩托车的士）了，咱也终于成为了有车一族。

但是最后这辆小车，我从头到尾只开了三个月，而三个月之后它又被卖还给了我的这位朋友。

肯尼亚一日行

One day in Kenya

肯尼亚内罗毕机场

虽然在坎帕拉的手机生意还算比较稳定，但是由于是从当地中国人代理商那里拿货卖，所以所得的利润并不高。同时我总觉得在工作和生活中一直好像缺点什么，待在坎帕拉的生活总觉得有一些与世隔绝，外面最新的、最前沿的信息都了解不到。而天天接触黑人让我觉得自己的思维方式也渐渐地向他们的思维方式靠拢。说得简单点，就是觉得自己有点变笨了。更重要的是，自己觉得在坎帕拉看不到未来，这里一切的一切都是落后的。

这个想法一直在我的潜意识中，但是并没有鞭策我去做一些改变。晓庆在那个时候给了我很多的帮助，也就在那个时候，她给了我一个重要的信息：她的父亲也就是我未来的岳父，去了南美洲发展。问我们是不是也有意愿一起过去那里发展。我的第一反应是非洲这里的事业才刚刚开始稳定，就要换地方，这是不是太儿戏了。所以一口回绝，之后也没有放在心上，还是去认真地经营我们俩的小手机店。

没过几天，我接到了晓庆委托我办的一个任务，去肯尼亚帮她的弟弟也就是我未来的小舅子翔子办理一份去波兰的工作签证。由于在乌干达本地没有波兰大使馆，所以我们虽然手上有从波兰邮寄过来的一份邀请文件，但是没有办法在本地办理。而最近的波兰大使馆在我们邻国肯尼亚。肯尼亚在整个非洲来说也算得上一个大国了。虽然在乌干达我是熟门熟路的老华侨了，但是要一个人去这么一个从来没去过的大国家——肯尼亚办事，还是有一点难度啊。虽然心里没底，但是对于已经几次独行的我来说，这项任务只是一个新的挑战而已。

肯尼亚对我们中国人允许落地签证，所以我并不需要去坎帕拉当地的肯尼亚大使馆办理签证手续，我在旅行社购买了单趟直飞肯尼亚内罗毕的机票后，在出发前上网查询了下波兰驻肯尼亚内罗毕大使馆的地址，把翔子的那一份文件装进我的双肩包，并从坎帕拉当地的钱庄用美金换取了一些肯尼亚先令之后，就开着我的小车直奔乌干达恩德培机场。因为那时候机场的停车费并不高，而且是按天计算的，所以我直接把车停在了机场停车场，盘算着过几天回来的时候，交了停车费再直接开回去。

飞机是早上10点左右起飞的，而到达内罗毕国际机场的时间是早上11点。我乘坐的是肯尼亚航班，是小飞机，但是飞机内部还是比较整洁干净的。由于坎帕拉和内罗毕之间的距离并不是很远，所以只用了一个小时左右的时间就飞到了，开玩笑地说，连座位都还没坐热呢就已经到了。

下了飞机后便到了内罗毕国际机场，不愧是非洲的大国家啊！机场比起乌干达恩德培机场来说要好太多倍了，而且进出机场的其他国家的白种人和黄种人明显比在乌干达多多了，有点到了上海的感觉。好了，问题来了，现在要如何去这个陌生的地方——波兰驻内罗毕大使馆，必须找辆出租车带我去啊。机场里面就有专门的一个柜台是办理出租车业务的。那里有一个肯尼亚黑人美女露丝(LUCY，长得比较高挑，比乌干达的黑人好看)，她问我需要什么样的服务，我和她说明了我的来意和我想去的地方后，她耐心地给我推荐了包车服务。包车服务，对于我来说是相当划算的。因为我也不知道我要去的地方在哪里，而且去了那里之后要花多长时间才能够办完所有的事情，这车我到底要用多久，这些都是未知数，所以最好的办法还是按照半天或者全天这样的时间来租赁车比较划算。

Lucy要求我把护照给她登记下我的身份信息，之后便带我来到了停车场附近，让我在那里等，而她则打电话给司机把车开过来这边接我上车。过了2分钟后车到了，是灰色的丰田Yaris，大概八九成新。在乌干达可是很少能看到这样的新车啊。司机是一个帅小伙詹姆斯(James)，三十多岁的样子，我坐上了副驾驶座后，车就开动了，Lucy朝我们挥挥手。我把网上下载的波兰大使馆地址递给James，他看了看后说这个地址他知道，是内罗毕当地的使馆区，很多使馆都是在那个地方的。听到这句话后我内心的不安总算消除了，变得平静了，我们要去的地方目标很明确，也是个好找的地方，看来这次的任务应该会很顺利。因此带着愉快的心情和James一路聊了起来，反正都是些家长里短的事情，最后我发现，他是那个在机场服务区工作的Lucy的老公，真是肥水不流外人田啊。我内心暗暗感叹道，这里的肯尼亚人真会做生意。

聊天的过程中我发现James相当聪明，不同于在乌干达的黑人，我猜估计是因为靠海鱼吃得多所以特别聪明吧(开个玩笑)，或者是肯尼亚人天生就聪明。车行驶在机场通向市区的路面上，路面相当平整，一点都不像乌干达那样坑坑洼洼的，而且有来回四车道，很宽。车道两旁则是用栅栏拦起来的。James告诉我说这片区域是野生动物园，望着栅栏后面那片一望无际的大草原，我心想以后有时间一定要来肯尼亚做一次萨法力(Safari，游猎)。内罗毕的街道很整洁，路上行驶的车大多数是日本车，而且基本都是丰田的，大多数的车都比较新，而街道周边的建筑相对来说也很高。城市整体隐隐约约透露着一股大都市范儿。

车子穿过一片比较忙碌的市区道路后就慢慢驶入一片郁郁葱葱、花草树木特别多的别墅区，好像在国外的大部分大使馆都比较喜欢选择这样幽静的区域作为办公地点。风景秀丽，鸟语花香，并且十分安静。我心想这些大使可真懂得享受生活啊。James 告诉我还有一个路口我们就要开到波兰大使馆了，我一看手表才 12 点多，很快啊。我们来到了一幢别墅前，大门紧闭(大使馆一般都是关着门的)。我们把车停在路边，下车询问门口的保安这是否是波兰大使馆。而那个黑人保安给了我们一个意料之外的答案，说这个不是波兰大使馆，以前好像是，后来搬走了。这个黑人保安告诉我们，好像没有搬走多远，还是在这个区附近的，让我们找找。

我叹了口气，还在这附近就好，这片都是使馆区，找起来相对容易些。就这样我和 James 上了车继续往前走，我们看到有国旗挂在那里的别墅就上去问一下保安波兰大使馆在哪里，一连问了好几个人，我们也在那条路上来来回回几次，终于问到了波兰大使馆的准确位置。其实我们已经好几次在它门口路过了，只是没有注意到。

车子停在了波兰大使馆前面，James 下车问了下门口的保安。保安给了我们一个满意的答案，是的，这里就是。他问：你们有什么事吗？

我掏出文件给他看，说我想在这里办理一个工作签证，流程是怎么样的？他说，大使已经出去了，今天大使馆只工作到中午12点，而且今天是周五，周六和周日都是不上班的，如果要办理文件之类的要等到下个星期一。我看了下手表已经是下午1点多了，我们在这里找大使馆不知不觉已经用掉了一个多小时。我上前解释说我是从邻国乌干达过来的，之前并不知道波兰大使馆的工作时间表，我把文件拿在手里，说这次过来就是想让大使确认下这个文件是否可以受理，下一次我就可以直接带着我的朋友本人过来办理了。我如果就在这里等的话，能等到大使他们回来看一下这个文件吗？他看了看我，说进去问问里面的工作人员。

他拿着我的文件进去了，不一会儿一个白人大姐和他一起出来了，看样子应该是波兰人，她很热情地告诉我们大使出去了，但是晚点会回来，并且用手机打了个电话，叽里呱啦用波兰语讲了一通后，笑着对我说，大使可以受理你的文件，不过有可能要等两三个小时。也许是使馆的工作人员体谅到我的这趟行程真的不是那么容易，便打了电话问了下大使是否在使馆附近，能否额外受理我这个文件。幸运的是，他同意晚点过来受理我这些文件，这样我就不需要在肯尼亚白等两天了，并且告诉我别担心，就在这里等着。谢过使馆工作人员，我和James便上了车，放下座椅，躺下来休息了。刚才这一顿找，着实也让我们有点累了，所以休息一下是非常必要的。

两个多小时后，一辆黑色的大吉普车开到了大使馆前，车里下来了一家子白人，有一对夫妇，两个孩子，一个小女孩，大一点的是男孩，看着好像是刚刚逛完了商场还是从哪里吃完午饭回来。我估摸着这就是大使一家吧。他们进去之后不一会儿，大使模样的一个人就走出来了，他正是刚刚开大吉普的男士，穿着白衬衫、牛仔裤，一副休闲装扮，热情地向我们打了个招呼，握了下手。

他接过我的文件翻看完之后，说这份文件没有问题，有了这份文件他这边就可以办工作签证，但是需要本人带着他的护照来办理这个手续，其他文件都不需要了。这次来这里的目的基本已经完成，最后我向大使索要了他们大使馆的地址以及联系方式，就和他们告别了。任务完成。这个时候已经是快下午 4 点了，我肚子饿得不行，我想和我在一起的 James 也是一样吧。我问他这里附近是否有餐厅，我们一起去吃午饭，他会心地一笑。

我们就驱车前往使馆区附近的一个综合购物市场，类似于乌干达坎帕拉的 Garden City 那样的购物中心。但是这里的购物中心比 Garden City 高级多了，我们直奔购物中心的餐饮区，比萨、炸鸡、牛排、意大利面、寿司等应有尽有。不同的小隔间把几种不同风格的餐厅分开。用餐的地方是在中间一片空旷区域，这里没有顶棚，完全是露天的，每张餐桌是白色的塑料桌配白色的塑料椅，还配套了一把大的遮阳伞。周围有两个小水池，里面有小喷泉往外喷水。用餐环境相当的优雅而惬意。我猜周边大使馆的人应该也常常来这里购物和吃饭吧。我和James一人点了一份牛排，是那种端过来的时候放在铁板上的牛排，配餐是薯条。人饿的时候吃饭就是香啊，我把牛肉都切好后一次性源源不断地往嘴巴里面送，薯条也是大把大把往嘴里塞，没用几分钟的时间我就吃完了。看看James，他正慢条斯理地切着牛排，优雅而细致地品味着，一看就知道他受过良好的英式教育，有着绅士般的优雅。

吃完饭已经是下午5点了。我想这个时候是否能买到当晚飞回乌干达的机票呢？这个虽然有点赶，但是可以为我省下一个晚上的宾馆费用啊。而且我在内罗毕的任务已经完成，没有必要再逗留了。我问了下James，在哪里可以买到当晚回去的机票。他告诉我在市区的旅行社应该可以买到，那既然这样，我们便马不停蹄地又上车直奔市中心。由于是下午5点，所以马路上开始有点堵车。原本只要20分钟的路程，愣是开了快50分钟。James告诉我，肯尼亚的旅行社一般都是晚上7点关门的，而我们把车停好，已经是6点多了，也就是说，我必须在一个小时之内找到旅行社买好机票。

分秒必争啊！我们连续去了三个旅行社询问当天晚上到坎帕拉的机票，对方都告诉我们已经没有了。而这个时候已经是晚上6:40左右了，天色渐渐变黑，留给我的时间也不是那么多了。我们最后走进一家比较大的旅行社，向那里的工作人员询问。他们查了下电脑系统之后，告诉我有票，是晚上 9:30 起飞前往乌干达的飞机，票价是 120 美金。我立马掏钱，买下了这一张得来不易的机票。等他帮我出完票办完所有手续已经是晚上 7 点了，里面其他的工作人员都已经准备下班了。有了这张幸运的机票，我就能在当天晚上回乌干达了。

就这样，我拿着机票和 James 一起坐上了他的车，前往我们的最后一个目的地——内罗毕国际机场。早上我们就是从这里出发的，没想到晚上我们又要回到这个地方。晚上的内罗毕国际机场灯火通明，老远就能感觉到它的气派。James 向我提了个要求说，是不是在进去机场之前把他的服务费用给他，因为机场保安和警察如果看见我给他钱的话就会上来讹钱。我这时才意识到原来这是辆黑车啊：没有正规的运营证件，害怕被查，不过这又有什么关系呢？任务圆满完成，已经胜利在望，坐的是不是黑车已经不重要了。重要的是，开车的人是一个不错的老实人、好向导。我愉快地支付了我这一天的租车费用 80 美金，这可是我店里一个乌干达黑人员工半个月的工资啊。但是今天这笔费用真的是十分值得，我愉快地向 James 支付了这笔费用，握手道别。

看着他的车消失在机场的道路上之后，我背着我的双肩包前往机场候机楼，候机楼大门口有个挂着工作证件的高大壮实的肯尼亚黑人保安，足足有1米85高，块头大得不得了，大到我的体重大概只有他的三分之一吧。这样的保安有时候估计还真的能吓走一些心虚的不法之徒吧，他在门口负责检查进入候机楼人员的护照与机票，当他翻开我的护照与机票，看到是今天早上的入境记录和晚上返回的机票时惊讶地爆出一句“Are you crazy?”（你疯了吗?）言下之意也就是奇怪我为什么早上来了晚上就走啊，想不通，因为一般很少会碰见像我这样当天就离开的外国人啊。其他来肯尼亚旅游的外国人怎么样也会在肯尼亚待上一个星期的啊，也许是好奇为什么来了肯尼亚还没怎么玩就回去了。黑人的性格就是那么直爽，不加掩饰。而我则是相当地得意我的这次一天往返肯尼亚—乌干达之旅，因为我独自一个人在一个完全陌生的国家，用最少的时间完成了一项重要的事情，我的应变能力和规划能力得到了一次极限的锻炼。我非常满意当天的表现。

一个星期之后，我带上翔子一起出发去了肯尼亚，由于有了上一次的踩点行动，我们一路上都十分顺利，最终他也如愿拿到了去波兰的工作签证。而半个月之后翔子告别了我们，独自飞往了波兰。

向左还是向右？

Which way should I take?

乌干达先令汇率黑板

翔子走了之后没多久，乌干达开始显现一定的经济危机，最主要的原因是美金对乌干达先令的汇率变高，使得我们华商的利润因为汇率的大跌而蒙受巨大的损失（以前卖出2000乌干达先令在当地的钱庄能够换取1美元，而现在同样的2000乌干达先令只能换到0.8美金或者更低）。而我因为是用乌干达先令作为购买货物的货币，所以受到的冲击比较小，但是如果把利润从乌干达先令换成美金的话，也是缩水很多的。那时我便重新考虑在乌干达的去留问题。

照常理来说，生意已经做得顺利稳定起来之后应该是进一步地发展和壮大，但是由于乌干达乃至整个非洲的种种落后与不确定性，摆在我面前的又是非洲落后的医疗条件、政局不稳（随时有可能爆发战争)、安全无保障(抢劫偷窃犯罪率高)、汇率大幅波动和利润缩水,还有就是没有一个确定的未来。继续留在非洲的确能够获得发展,但是发展空间会有多大呢?而很多在乌干达待了很久的华人,会变得反应迟钝,回国后跟不上国内的节奏。而放弃非洲去南美洲会不会是一个机遇呢?我最后的决定便是打包走人,虽然非洲的一切回忆都是美好的,但是我需要更大更广的发展空间。

“穷则变,变则通,通则久。”离开乌干达,离开非洲去南美洲闯出新的一片天地也许是更具吸引力的一个选择。其实人在自己的一生中总是面临很多次选择,我们应该如何面对选择,又应该如何去选择,则是门很大的学问。为什么有人会抱怨如果当初怎么怎么样,如今就应该会怎么怎么样,而不会是现在这个样子。人在面对选择的时候,应该静下心来去聆听自己内心的声音,去感受自己究竟想要什么,而一旦确定了自己的目标之后,就要无怨无悔地去追求和实现这个目标。在我看来,既然我选择了离开乌干达,离开非洲,放弃我现在所拥有的事业,便是为了一个更加美好的未来。无论我的这个决定是对还是错,我都会用自己的肩膀把将来所有可能发生的一切扛起来。没有翻不过的墙,没有过不去的坎。这些年来,我在非洲磨炼出来的坚强意志帮助我做了这个决定。

既然已经想好了要走,我便开始布置后续的工作。我首先向已经在南美洲的晓庆父亲了解那里的基本情况。那时他所在的国家是哥伦比亚,但是最近会出发去南美洲的另一个国家秘鲁。只要我们两个自己想办法从乌干达签证到秘鲁就可以了,其他后续的事情他都有办法搞定。并且说他考察过了,秘鲁这个国家发展还是相对落后的,去那里发展比较有潜力。在我看来,南美洲作为美国的后院,政治经济发展应该比较稳定,就算再怎么差也不可能比乌干达更差了吧,这样的情况更是坚定了我要走的决心。

再来就是签证的事情了,打开谷歌搜索秘鲁驻乌干达的大使馆,秘鲁在乌干达并没有领事馆。再搜索,麻烦出现了,秘鲁只在埃及和南非设有大使馆,这是不是要去非洲的最北端和最南端办理签证呢?而我继续搜索,幸运地发现,在肯尼亚有哥伦比亚大使馆,我转念一想,现在他们不是在哥伦比亚么,我们签证去哥伦比亚不就行了?

于是我又联系了晓庆的爸爸,我们交换了信息之后,他觉得这是个可行的办法,直接签证后飞去哥伦比亚然后从哥伦比亚当地再签证到秘鲁,我们最终决定用这样的迂回路线到达目的地秘鲁。而肯尼亚已经是我去了两次的地方了,也是除了乌干达和卢旺达我最熟悉的非洲国家了,我吸取了上次去肯尼亚的经验与教训,事先用我的邮箱联系到了肯尼亚的James,让他在内罗毕帮我打听哥伦比亚大使馆的具体地址和联系方式。

一个星期之后我便收到了James的回复，里面有准确的哥伦比亚大使馆地址以及邮箱和电话号码。我先用国际长途电话与对方的使馆工作人员进行了简单的交流，并且用邮件询问办理哥伦比亚的旅游签证需要什么材料，对方也很及时地回复了我的邮件，邮件的发件人署名为路易斯(Luis)，是一个很有南美洲人风范的名字。Luis在邮件中提出，只需要护照、机票预订单和一张两寸照片就可以了，另外签证费用为一个人50美金。我再次确认了一下是否需要其他的文件材料，对方给我一个肯定的答复：不需要。

我惊讶得半天反应不过来，这个哥伦比亚大使馆也太随便了吧，因为一般去其他国家办理签证时除了护照、机票订单之外，还需要酒店预订单、信用卡复印件、邀请函或者旅行社开具的旅行行程等文件材料。而驻内罗毕的哥伦比亚大使馆的这个工作人员给我的要求真是简单得不能再简单了，感觉是有“放水”的嫌疑。不过转念一想，从非洲大老远跑去南美洲的人一般不多吧，那也怪不得了，他说不定半个月才能接到这么一个业务吧，如果签证不给我，还能给谁啊，使馆哪里来的钱交租金啊？大使馆也应该是有它的基本开销的吧，平时都没人来办理签证业务，没有手续费的收入，老是让国家贴钱也不是一件很光彩的事情啊，我就在那里胡乱分析着。既然这样，能不能让对方把我们两个的签证先准备好，这样我们去肯尼亚的当天就能把签证给拿回来，我们就不需要在肯尼亚过夜了，一个晚上住宾馆的费用就能省下来。我把我的想法写成了邮件发给了对方，对方则热情地回复我，可以这样操作，只需要我们提供护照和机票订单的扫描件就可以了。而所需要的照片和签证费用可以在我们去肯尼亚的时候再补上。

护照复印件第二天就有了，机票预订单其实是随便哪个旅行社都可以开给你的空头文件而已，只是个预订，而不是真金白银买下来的机票，所以旅行社可以开给你。如果自己也可以在网上预订机票并且打印出来，其实也并不困难。对方在收到了我准备好的资料文件确认后，通知我两个星期之后就可以去大使馆领签证了。对方也相当负责任地提到，签证就绪的时候，他会发来邮件和我确认的，等确认以后我们再出发，这样会比较保险。看来对方为我们考虑得也是蛮周到的。

去哥伦比亚的签证也几乎是完美地搞定了，下一步便是处理店面和店面内的货物。这是一个让人头痛的问题，因为我的三家店面里还有不少货物，要在短时间内全部甩卖完可是有点难度。就在这个时侯，我的供货商打电话过来约我一起吃饭，吃着吃着我把自己想离开乌干达的想法告诉了他，问他要不要接我的店面。他二话没说爽快地答应下来，并且说，把那部丰田车也卖还给他吧，他说自己新买的二手奥迪车老是坏，都不知道花了多少修理费了。之前把那台丰田车卖给我后他还真后悔了一段时间。然后经过一番讨价还价之后，我们达成了交易，他会支付我一笔费用，把所有货物和几家店铺全部转走。

而我向他提出了一个必须答应的额外条件，就是他把我的店面转走的同时，也必须把我的那几个黑人员工全部保留下来，并且要支付不少于我之前支付给他们的工资，他考虑了一下后也同意下来。而最后也是最有意思的是，他支付了我同样数目的钱，又把他的丰田小车给买回去了。而我则白用了这辆车三个月。几天后，我的供货商就过来清点和交接店面及店面内的货物，核对完店内的货物数量以及简单介绍下营业执照和相关文件、店面合同日期、房租之后，我还带着他们去见了我三个店铺的房东。总之我把所有该交接的事情都完成了。在完成所有的交接任务后的那天，我跟我的这几个小黑工人说了我将会离开乌干达，接下来由其他人接手我的这三家店面，而他们的工作将会被保留，并且工资也会维持原样，让他们在新的东家这里好好干。Nash 他们听了后，突然感觉有些迷茫，过了一小会儿眼角开始有些泛着泪光，而我则有意没有去看着他们，向他们道别后转身离开了店面。因为如果继续待下去，这样离别的场面会变得很伤感。

既然是一个无法改变的离别，那就请保存你的那一份尊严和坚强，泪水只会给要走的人压力。而微笑和祝福，才是送给下一次相聚最好的礼物。

再见非洲,再见坎帕拉

Farewell Kampala, farewell Africa

位于乌干达境内的尼罗河源头景区

几天之后我和晓庆坐飞机去肯尼亚,在内罗毕的哥伦比亚大使馆见到了使馆工作人员Luis先生,他是个地道的肯尼亚黑人,整个使馆里就他一个人。看来的确是和我想的差不多,没有多少人来这里办理签证。他在那里为我们现场演示签证是如何贴到我们的护照上的,虽然感觉这个好像有点不大正规,但是这屋里就我们三个人,谁也没必要装,不是吗。他首先接过我们手上的护照,翻到一张空白页,然后拿来一张类似贴纸一样的签证贴纸,当然签证贴纸上已经打印了我的个人信息,把贴纸贴到护照空白页上,接着取来我们带来的个人照片,用胶水把照片贴到了签证纸的一个专门放照片的位置。最后一步也是最神奇的,是他搬出来一个大家伙,是用来在我们的个人照片和签证上盖钢印的独特设备。这个可真是一个打击假冒伪劣的利器啊，他把那张有签证和照片的页面放在那个大家伙下面，然后慢慢地压下去，我看他几乎整个人都趴到那个钢印机器上了。签证就这样新鲜出炉了，而他又如法炮制，把晓庆的护照也弄上了签证和钢印。我们拿到签证后便打车回到了机场。当天晚上 7 点左右我们就又回到了乌干达。

回到乌干达的第二天，我去荷兰皇家航空公司购买了去往哥伦比亚首都博格达的来回机票（一般第一次去那个国家最好是买往返的票，以防被对方国家以企图偷渡的名义给打发回来），飞机由乌干达恩德培机场起飞到肯尼亚内罗毕国际机场，之后转机飞到法国戴高乐机场，再转到哥伦比亚博格达机场。而接下来的几天，我和晓庆便开始整理行李，能带走的都带走，带不走的则开始变卖和送人。就这样热火朝天地忙了两三天。最后整理出来四个大皮箱，里面装着我们所有的家产（大部分是衣服和鞋子）。而我的其他所有乌干达先令都换成了美金随身带走。

接下来的几天时间里，我和晓庆与乌干达的朋友们聚餐告别。老高也惊讶于我们离开的速度，因为最早说要走的人是他，但是没想到转眼间我们就先于他离开乌干达了。因为之前有一次老高回去义乌进的床单由于产品质量问题只得低价处理，最后受到重创，亏了不少钱。他都是 50 多岁的人了，又有糖尿病，而且还是一个人孤孤单单地在乌干达闯。自从那次受创后，便感觉有点力不从心，萌生了回国的念头。只是他的仓库和店面里面还躺着两三个集装箱的货物，所以不是说走就能走的，最快也要半年的时间处理货物，处理完了货拿了钱才能走啊。但是他去意已决。

而老高的"好战友"迈力同志，也是抱怨最近汇率如何的不好啊，客人来得少了啊，仓库又被水淹啊，也时常透露出想走的意思。迈力是住在老高楼上的中国人，老家在龙泉，但是之后住在杭州。几年前和亲戚一起到乌干达做纺织品生意，平时也常常和我们一起喝咖啡。但是和老高关系特别好，可遇见一对最佳组合。最后这几个朋友——我在乌干达的战友们都在不同时期离开了乌干达，回到了中国。

出发去机场的那天是个好日子，艳阳当空，蔚蓝的天，雪白的云。接送我们去机场的是晓庆的一个黑人朋友，这个黑人朋友是晓庆管理的那个店面附近的修车工人，平时也常常来我们店里买手机，是晓庆店里的常客。她的这个黑人朋友还真仗义，听说我们要离开乌干达时，立即表示愿意亲自送我们去机场。来的那天他开的是一辆六七成新的丰田越野车，白色的，估计刚刚是从洗车场开出来，车子的轮胎上还有很多水渍。他一改往日穿破破烂烂的修理工工作服的形象，穿上了一套干净整洁的衣服，皮鞋也明显擦过了，亮得晃眼。我们完全没想到，这个黑人会如此用心地为朋友送别。很多时候我们中国人为朋友送行的时候，都做不到他这样的礼节。的确也让我们感动。他主动接过我们的行李，一个个装进了车子的后备厢里面。

一路上我和晓庆静静地欣赏着机场路两旁的风景，虽然这已经不是我们第一次经过这条路了，但是这有可能是我们最后一次经过这里了。两旁的树木在阳光的沐浴下长得郁郁葱葱，远眺维多利亚湖，一片湛蓝，天水一色。车里很安静，司机特意留给了我们一个安静的空间，我和晓庆没有交谈，而是各自安静地在那里看着车窗外的风景，我摇下车窗感受着迎面吹来的暖风，闭上眼睛，这几年在乌干达的点点滴滴犹如影片在我脑海中闪过。

我们中国人到乌干达或者其他的非洲国家发展，的确是一段不错的经历，很多人也在早期的非洲淘金机遇中赚到了很多钱。而对于我来说，最重要的是，在乌干达的这四年时间让我成长了很多，从一个初出茅庐的愣头青，成为了一个行走江湖的商人。在非洲这片神秘的土地上亲身体验了很多在中国无法碰到的事情，磨砺了我的意志，锻炼了我的应变能力，有失败的教训，也有成功的经验，都为以后的发展积累了不少宝贵的财富。

感谢非洲，感谢乌干达，让我拥有这一段神秘而又刺激的旅程。

图书在版编目(CIP)数据

非洲记忆 / 沈菁著. —杭州：浙江工商大学出版社，2016.6

ISBN 978-7-5178-1615-7

Ⅰ. ①非… Ⅱ. ①沈… Ⅲ. ①随笔—作品集—中国—当代 Ⅳ. ①I267.1

中国版本图书馆 CIP 数据核字(2016)第 079107 号

非洲记忆

沈　菁著

责任编辑　王黎明

封面设计　林朦朦

责任校对　邹接义

责任印制　包建辉

出版发行　浙江工商大学出版社

(杭州市教工路 198 号　邮政编码 310012)

(E-mail:zjgsupress@163.com)

(网址:http://www.zjgsupress.com)

电话:0571-88904980,88831806(传真)

排　　版　杭州朝曦图文设计有限公司

印　　刷　杭州五象印务有限公司

开　　本　710mm×1000mm　1/16

印　　张　10.25

字　　数　91 千

版 印 次　2016 年 6 月第 1 版　2016 年 6 月第 1 次印刷

书　　号　ISBN 978-7-5178-1615-7

定　　价　39.00 元

浙江工商大学出版社营销部邮购电话　0571-88904970